KB103157

그래도 살아요, 오늘을

그래도 살아요, 오늘을

중심을 잃지 않고 살아가기 위해

삼켰던 숨을 내뱉어봐요

조금 시원해지지 않았나요?

키효북스

오늘의 내가 쓸 수 있는 만큼의 글

　시간이 없어서 포기한 적 있나요? 지금보다 다음에 더 잘할 수 있다며 뒤돌아선 적이 있으신가요? 이런저런 핑계를 대면서 하고 싶은 일, 해야 하는 일, 할 수 있는 일들을 못 본 척한 적은 있으신가요? 고백합니다. 이 글을 쓰는 저 역시 시간이라는 핑계 뒤에 숨어 도망친 적이 많습니다. 올해가 가기 전까지 세 번째 책 원고를 쓰겠다고 선언했지만, 여전히 공백 상태입니다. 실패의 실마리가 제게서 비롯된 사실을 인정하고 싶지 않아서 자꾸만 비겁하게 도망쳤습니다. 글을 쓰는 것보다 도망치는 편이 훨씬 쉬웠으니까요.

그러다 매주 토요일 오후 5시가 되면 꼭꼭 숨겨둔 비겁한 제 마음 앞에 서야 했습니다. 바로 책쓰게 3기 분들이 보내주시는 원고 메일 때문입니다. 각자의 인생을 충실히 살아내면서 부지런하게 적힌 글을 읽을 때마다 제 두 볼은 부끄러움에 온도가 조금 올라갔습니다. 흐린 밑그림만 있었던 여러분들의 이야기들이 글이 되고, 책이 되는 과정을 옆에서 볼 때마다 성실함의 힘을 다시금 깨닫습니다. 준비되지 않았다는 편한 핑계를 꺼내지 않고, 끝까지 책의 마침표를 찍어주신 일곱 명의 작가님들에게 박수를 보내고 싶습니다.

긴 마라톤을 완주하려면 운동화 끈부터 단단하게 동여매야 합니다. 광활한 대지 위를 뛰는 모습만 상상하다가 겁을 먹고 출발선에서 도망치기 쉽습니다. 이래서 모든 일엔 순리가 있다고 하나 봅니다. 저는 어쩌면 세 번째 책을 쓰면서 겪을 고통부터 생각했던 것 같습니다. 여러분들처럼 도망치지 않고 오늘의 내가 할 수 있는 만큼 천천히 운동화 끈부터 묶어볼까 합니다. 아메리님이 남겨주신 에필로그의 문장으로 여는 글을 마칩니다.

"2020년 가을을 사는 내가 쓸 수 있는 글을 썼습니다. 그거면 충분해요. 더하지도, 빼지도 않는 나로 존재하며 오늘의 내가 쓸 수 있는 글을 쓰며 살아가고 싶어요."

-2020년 가을의 끝자락 문을 닫으며
김한솔이 에디터

「차례」

아하하

82년생 김지영에 버금가는 83년생 보통여자.
평범한 집에서 사랑받고 자라 대학 나와 직장 다니다
가 결혼생활에 용감하게 뛰어든 여자. 끝내주는 자기
애를 자랑했지만 만만치 않은 결혼생활, 육아생활, 시
집살이에 여기저기 까이고 치이다가 좌절했다. 그러
다가 문득 깨달았다. 삶은 결국 나를 가장 먼저 사랑
해주어야 행복할 수 있다는 것을. 이제는 행복한 나를
통해 다른 사람도 웃게 해주고 싶은 평범한 사람.

「이제 좀 살 만하다」

프롤로그

"남편분께 전화로 확인 후 발급해드리겠습니다."

백화점 카드를 하나 만들러 갔다가 상담원에게 들은 한마디가 내 처지를 확실히 알게 해주었다. 늘 당당하고 내가 최고라는 자부심에 가득 찬 나에게 '남편의 확인' 따위가 필요하다니. 여자 팔자 뒤웅박 팔자라고 했던가. 그 말이 그렇게 싫어 남들보다 두 배 세배 노력하고 열심히 살았는데 이제와서 이런 처지가 될 줄이야.

그즈음 '82년생 김지영' 이라는 소설이 출간되었다. 소설로도 영화로도 제작된 이 작품을 나는 아직도 읽지도 보지도 못했다. 내용을 알기에 더더욱 들여다볼 용기가 생기지 않았다. 괜찮다고 아무리 다독이며 살아도 때때로 찾아오는 알 수 없는 감정 덕분에 아직 내 안의 무엇인가를 내려놓을 자신이 없어서인가보다. 참으로 찌질하고 불쌍해 마지않았던 이런 시간의 정점에 '42년생 그녀, 시어머니' 가 있었다.

막돼먹은 며느리가 되기로 했다

◇◇

"그렇게 생일상이 받고 싶으시면 아들한테 차려달
라고 하세요."

전화 끝에 진심이 튀어나왔다. 5월 며칠인가 음력이
라 자꾸 바뀌는 시어머니의 생신 날짜를 챙기는 것은 남
편 담당이었다. 결혼하고 장인, 장모님 생신 날짜는 묻
지도 않으면서 시댁 조카들 생일까지 달력에 적어두었
다가 나에게 통보하듯 뭐라도 준비해야 할 것처럼 굴길
래 내린 특단의 조치였다. 남편은 시댁 일정을, 나는 우
리 집 일정을 각자 챙기고, 때가 되면 서로에게 안내하
듯 알려준다. 그런데 이런 사실을 모르는 시어머니가 당
신 생일인데 뭔가 차려 받고 싶으신지 나에게 전화했다

가 날짜를 정확히 알지 못하는 내게 역정을 낸 것이다.

　결혼하고 첫 생일이라고 남편은 처가에서 대단한 생일상을 받았다. 맛있는 음식에, 식구들의 축하에, 생일 축하금으로 봉투까지 받아든 남편에게 시어머니는 전화 한 통 하시더니 처가에서 맛있는 거 많이 챙겨줬냐고 확인하듯 물었다. 반면 내 생일은 시댁에서 그냥 평일이었다. 평범한 날 중의 하나, 그냥 지나쳐도 전혀 이상하지 않은 그런 날 취급을 받았다. 첫 생일이 뭔가, 두 번째, 세 번째, 10년쯤 지난 지금까지도 시어머니는 내 생일을 모른다. 그런 시어머니가 내게 생일상을 받고 싶다는 마음을 비치시기에 나도 모르게 진심이 툭 하고 튀어나왔다.

　"어머니, 매번 명절 때마다 남편 생일에 소고기 듬뿍 넣은 미역국 끓여주라며 소고기 직접 끓어다 주시고, 그것도 모자라 생일날 아침에 저한테 전화해서 미역국 끓여줬냐며 확인하시잖아요. 그런데 남편 생일이 1월, 제 생일은 12월이에요. 한 달도 차이가 나지 않아요. 제 생일은 언제인지도 모르고, 한 번도 챙겨주신 적도 없으시고, 기억하고 싶은 생각도 없으시면서 왜 어머니 생일 상은 저보고 챙기라고 하시나요? "

전화기 너머로 흠칫 놀라는 몸짓 같은 게 느껴졌다. 그래도 상관없었다. 상대가 상처를 받든 말든 나는 내가 하고 싶은 말을 해댔다. 틀린 말은 없지 않은가? 그럴 거면 내 생일도 진작에 좀 챙겨주시던지. 그랬으면 내가 이렇게까지 얘기하지는 않았을 거 아닌가. 할 말 다 하고 나니 속은 시원했다. 내 수명을 지키기 위해, 사랑하는 나의 아이들, 남편과 오래오래 살기 위해 이렇게 해서라도 내가 행복해져야 했으므로 이렇게 말한 것이 전혀 후회되지 않았다.

결혼 후 이런 말을 하게 되기까지가 쉬운 것은 아니었다. 온 자존심을 긁어내렸던 42년생 그녀와의 싸움은 처음부터 내가 불리했다. 시골 노인네와의 싸움은 사실 이겨봤자 본전도 못 찾는다. 게다가 소심하기 이를 데 없어 남에게 싫은 소리 한마디 못했던 나는 닳고 닳아 이미 세상만사 꿰뚫은 노련한 노인네에게 처음부터 상대도 되지 않았다. 그렇지만 살아야 했고, 누구에게도 기대지 않고 오롯이 스스로 '나'를 지키기 위해 '되바라진 며느리, 까진 며느리, 할 말 다 하는 며느리'가 되기로 했다.

결혼했는데 바로 후회했다

∞∞∞

엄마는 우스갯소리로 남편이 지방 사람이라는 이유
만으로도 친할아버지나 외할아버지 두 분 중 한 분이라
도 정정하셨다면 결혼은 꿈도 못 꾸었을 거라고 말했다.
그도 그럴 것이 살면서 일가친척 중 서울을 제외한 지방
에 사는 친척은 만나본 적이 없었다. 그래도 나는 뭐 별
일이야 있겠냐는 호기로운 자신감으로 결혼을 결심했
다. 뭐든 헤쳐나갈 수 있을 것만 같았던 자신감이 화근
이었다.

대학원에 갓 입학한 그해, 처음으로 지방에 자취방
을 마련했다. 자취해본 적도 서울을 떠나본 적도 없는
나에게 낯선 타지 생활은 시작부터 외로움의 연속이었

다. 그즈음, 운명같이 지금의 남편을 만났다. 그저 공부하는 학생에 지나지 않았던 나에게 직장인이었던 남편은 참으로 대단해 보였다. 그때 만난 나의 남편이 너무 좋았고, 그때도 지금처럼 다정했던 남편은 당시 힘들었던 나에게 정말 큰 버팀목이 되어주었다. 겨우 학교를 졸업하고 바로 취직하여 지옥 같은 근무에 시달리며 지냈다. 하지만 갚을 빚은 많았고 아무리 일해도 뭔가 밑빠진 독에 물 붓기 같은 시간이 이어졌다. 사회생활을 시작해서도 빈털터리였던 나에게 아무런 조건 없이 남편은 결혼하고 싶다고 했다. 큰 고민 없이 결혼을 결심하게 되었고, 연애 3년 차에 나는 가정을 꾸렸다.

시댁은 충청북도 단양에 있었다. 태어나서 한 번도 가보지 못했던 곳이었다. 결혼 전에 인사하러 갔더니 시어머니 될 분이 이것저것 없는 찬이나마 정갈하게 그릇에 담아 내오셨다. 그런 시어머니를 보고 정말 시골 노인네지만 정갈한 분이라고 생각했다. 그때 남편이 시어머니가 차린 밥상을 보고 의아하다는 듯 놀라는 모습을 그땐 왜 알아차리지 못했을까. 심지어 상견례 날, 한껏 차려입은 우리 가족 앞에 시어머니는 긴장한 듯 한마디도 하지 않으셨다. 상견례 내내 어머님을 모시고 함께 참석한 큰형 부부와 이야기를 나눴다. 엄마는 내심 그런 시어머니가 '순박한 시골 노인네'인 줄 알고 내 딸 시집살이는 시키지 않겠구나 하고 안도했다고 했다.

결혼하고 나는 지방 사택, 남편은 인천에 있는 신혼집에서 지냈다. 금요일에 미친 듯이 업무를 마치고 얼른 공항으로 달려가 마지막 비행기를 타고 올라와서, 신혼집을 청소하다 일요일에 내려가는 것이 일상이었다. 심지어 남편이 주말에 꼬박 쉬지도 않았기에 쉬면 보고 안 쉬면 못 보는 날이 계속되었다. 주말에 시댁 행사라도 있으면 주중의 피로는 풀 생각도 못 하고 피곤에 절어 3시간 넘게 걸리는 시댁을 다녀오곤 했다. 당연히 친정은 들여다볼 시간이 없었다. 시댁 제사라도 있는 달에는 온 신경이 곤두서 짜증부터 앞서곤 했다. 차라리 연애만 하고 혼자 살았다면 이런 귀찮은 일도, 번거로운 일도, 신경 써야 할 일도, 무엇보다도 내가 이렇게까지 피곤하지도 않았을 텐데.

계획하지 않았는데 첫 아이가 금방 생겼다. 그런데 임신을 해서도, 첫째가 두 살이 다 되어갈 때까지도 이런 생활은 계속되었다. 심지어 아이가 태어난 후에는 복직을 해야 했으므로 아이는 친정에, 남편은 신혼집에, 나는 지방 사택에서 셋이 뿔뿔이 흩어져 살았다. 늘상 피곤에 지쳐있던 이런 생활은 둘째가 생기고 나서 비로소 끝을 맺었다. 남편이 근무지를 옮길 수 없었기에 자연스레 내가 퇴사를 선택했고, 우리 셋(이었는데 금방 넷)은 그렇게 같이 살게 되었다.

내 마음속에 지옥이 있다네

초보 엄마는 뭐든지 서툴렀다. 해도 잘 들지 않는 신혼집에서 말도 안 통하는 아이와 종일 남편을 기다리는 일을 잘 해내지 못해 속상했다. 이것저것 되는 일이 없었고 몸도 좋지 않았으며 피곤하기만 한 하루하루가 이어졌을 때 즈음, 난데없이 마음에 병이 생겼다. 언제든 마음만 먹으면 다시 일할 수 있다고 생각했었는데, 끝도 없는 육아 지옥에 뱃속의 둘째까지 낳고 나면 다시는 일어설 수 없을 것만 같다는 생각이 들었다. 설상가상으로 육아만 하는 시간이 아까워 시간을 쪼개 공부해서 도전했던 전문자격사 시험에서· 줄줄이 낙방하는 바람에 자존감이 바닥을 쳤다. 셋(이라 쓰고 넷)이 모여 가족답게 살면 행복할 줄 알았는데, 나는 나대로 내가 만든 지옥

속에 살게 되었다.

시어머니와의 관계는 이때부터 틀어졌던 것 같다. 내가 만든 마음속 지옥에 살고 있던 나에게 시어머니는 기름을 콸콸 들이부었다. "니가 집에서 노는 애지 뭐냐?" 라든가 "노는 니가 밥해야지 누가 하냐?", "돈도 못 벌고 집에 들어앉아 있는 니가…."라는 이야기를 할 때마다 가슴에 비수가 꽂혔다. 어떤 말은 정말로 사람의 가슴을 물리적으로 아프게 할 수도 있다는 것을 그때 느꼈다.

생각해보니 처음부터 그랬다. 당신 아들보다 가방끈이 긴 며느리는 처음부터 기를 죽여놔야 한다는 듯, 시어머니는 결혼하자마자 나를 찍어누르지 못해 안달이었다. 잠시 남편에게 아이들 맡겨놓은 사이에 국에 말아 먹는 것인지 마시는 것인지 모를 밥을 먹고 있었건만, 당신 아들이 후식으로 과일을 먹지 못할까 봐 나보고 "쟤는 왜 애 안 보고 밥을 저렇게 굼벵이처럼 천천히 먹냐"며 성질을 냈다. 유치하지만 회사 다닐 때 버는 돈은 내가 더 많았는데, 당신 아들이 더 많이 벌어다 주지 않느냐며 "넌 좋겠다, 남편이 돈 많이 벌어다 줘서 살 만하지? "라고 하더니, 남편이 없는 틈을 타 "너희 친정이 자가냐 전세냐? "라고 묻기도 했다. 너는 남동생이 있으니 부모 재산을 물려받기는 다 틀렸다거나, 명절이면 왜 쉬는 날 끝나지도 않았는데 빨리 가냐며, 친정은 가까우니 나중에 가라고 말하는 것은 부지기수였다. 어느 날인가는 제사를 지내러 시댁에 간 그날, 아이가 급성폐렴으로 시댁에 도착하자마자 숨이 넘어가게 열이 펄펄 나는데도, 다음날 제사 지내고 나서 시내 병원에 가보면 된다고 하기도 했다. 나는 그저 남편의 부속품처럼 시댁의 일이라면 시키는 일을 모두 불만 없이 해야 하는 종이었고, 그것이 시어머니와 남편이 바라는 일이었다. 그 당시 남편은 시어머니가 그러라면 그러는 매우 '순종적인 아들'이자 소위 말하는 '효자' 였으니까.

속이 타고 화가 나서 시어머니 생각만 해도 얼굴이 찌푸려지고 두통이 오는 나날이 이어졌다. 중재도 못 하고 그렇다고 확실한 내 편도 아닌 남편과 시어머니로 인해 잦은 다툼이 생겼다. 급기야 미친년처럼 밤에 갑자기 혼자 일어나 남편에게 '나는 너에게 바라는 게 하나도 없으니 서로 남남처럼 살자.'는 둥 '이혼을 하자.'는 둥, 깨알 같은 글씨로 구구절절이 썼다가, 잠들어있는 아이 얼굴을 보고 혼자 키울 자신이 없어 혹시 남편이 볼까 편지를 박박 찢어버린 일도 여러 번이었다. 어차피 이렇게 살게 될 거 새벽까지 별 보며 달 보며, 잠을 아껴가며 공부했던 그 시절이 아깝고 짜증이 났다. 애지중지 아껴왔던 책장의 전공 책들만 봐도 눈물이 났고, 내 책들을 재활용에 버리는 것조차 안타까워 차라리 어디 가서 태워버릴까 고민했다.

찌질함의 연속이었다. 어느 날은 출근하는 남편의 뒷모습만 보고도 눈물이 났다. 나는 이렇게 집에 처박혀서 아이 똥기저귀나 갈고 있는데, 출근할 곳이 있다는 것만으로도 남편이 부러웠다. 어느 날인가는 나에게 대놓고 "여자는 많이 공부해봐야 결혼하고 애 낳으면 소용없다."라던 아버지뻘인 남편의 둘째 형이 했던 말 때문에, 일주일도 넘게 툭 치면 울 것 같은 상태로 지냈다. 아무리 형이라도 그렇지 자기 와이프가 이렇게까지 힘들고 괴로워하는데, 그런 말을 한 형에게 따끔하게 한마디

해주지 못하는 남편이 죽도록 미워서 미치고 팔짝 뛸 노릇이었다. 정말 자격지심에 쩔고 쩔어 오이지처럼 쪼글쪼글해질때까지 나는 내 마음을 비틀어 짜고 괴로워했다.

미친년이 되기로 했다

우울함은 얼굴에 나타난다. 원래도 그리 예쁜 얼굴은 아니었는데 아이에게 시달려 피곤하고, 임신중이라 예민하고, 남편과 시어머니를 향한 온갖 짜증과 불만에 가득 차 내 불투명한 미래에 화염병을 던지고 있었으니 얼굴이 펴질 리가 없었다. 그런 딸내미를 우리 엄마가 곧바로 알아보았다. 내가 대학원을 입학하던 해, 어려워진 우리 집 때문에 그런 집에 시집보내 당신 딸이 이렇게 불행해졌다며 엄마는 자책했다. 그런데 순간, 정신이 번쩍! 들었다.

친정 아빠는 여동생 셋, 막내 남동생이 하나 있는 집의 장남이었다. 어린 시절 나는 아빠가 엄마를 할머니와 시누이 셋의 구박인지 언어폭력인지 모를 것에 왜 그렇게까지 시달리게 하는지 도무지 이해할 수가 없었다. 당시 엄마는 아빠와 함께 외국에서 유학생활을 마치고 돌아온 소위 엘리트라면 엘리트였는데도, 할머니와 시누이들에게는 속수무책이었다. 아빠조차 든든한 방패막이가 되어주지 않았으니, 그 시절의 엄마는 늘 외롭고 힘들었다. 그런 엄마를 보면서 나는 나중에 결혼해서 시댁에서 저렇게 괴롭히면 참지 않고 맞서리라 다짐했었다. 나는 우리 엄마, 아빠의 '소중한 딸'이니까, 우리 엄마, 아빠가 나 이렇게 살라고 결혼시킨 거 아니니까. 이제는 내 마음을 단단하게 만들어야 한다는 생각이 불현듯 머리를 스쳤다.

당장이라도 허물어질듯하던 마음이 조금씩 단단해질 무렵, 일이 터졌다. 아이 둘 수발드느라 정신이 빠져버린 내게, 시어머니는 당신 밥을 차려놓지 않았다며 "집에서 노는 애가 밥도 안차려놓냐! 니가 밥차리는 애지 뭐냐!"고 했다. 동시에 장난이랍시고 커다란 노래방 새우과자 봉지로 내 머리를 툭툭 쳐댔다. 시어머니의 말과 행동이 도화선이 되었고, 순간 나는 다이너마이트가 되었다. 소리를 바락바락 지르며 "밥 차리려고 태어난 사람이 어디있냐, 우리 엄마, 아빠가 어머니 밥이나 차리라고 나 대학원까지 공부시킨 줄 아냐, 자꾸 집에서 노는 애라고 하시는데 어머니가 한번 우리집에 와서 애들하고 놀아보시라고 노는 게 장난인 것 같으냐, 그리고 자꾸 아이들 앞에서 '니 애미 쥐어 팰까?'라고 하시는데, 난 어머니한테 맞으려고 결혼한 게 아니라고, 어머니가 무슨 권리로 날 때리냐"고 대들었다. "어머니가 뭔데 우리 엄마, 아빠도 안 때리는 나를 과자봉지로, 그것도 머리를 때리느냐고" 정말 미친년처럼 속사포를 쏘아대고 나니 눈물이 났다. 참았던 눈물이 터지면서 집이 떠나가라 울어댔다. 처음부터 나를 깔아뭉개려고 작정했던 시어머니와 자기 배우자 하나 지켜주지 못한 남편이 죽일 듯이 미웠다. 내 아이들은 내가 식당 설거지라도 해서 키우면 되니, 이 거지 같은 집구석 다시는 안 봐도 된다는 마음으로 평생 단 한 번 '제대로 미친년'이 되었다.

남편이 지켜주기를 바라는 대신 내가 나를 지키기로 마음먹었을 때, 변화가 일어났다. 이 구역의 미친년이 되고 나니 무서울 게 없었다. 미친년이 된 나를 보고 놀란 토끼눈이 되어 뛰어오는 남편에게 "거기 스톱, 너 따위 필요 없으니 꺼져!"라고 소리치는 나를 보고 어머니는 조용히 집을 나갔다. "우리 엄마, 아빠가 이럴 때 쓰라고 고등학교 졸업하자마자 운전면허 따라고 해서 나 운전면허 있으니 차 키 내놔, 난 떠난다! 넌 이 거지 같은 집구석에서 니네 엄마랑 평생 행복하게 잘 살아라!"고 소리지르니 남편도 조용히 밖으로 나갔다.

마음이 진정되기를 기다려 물을 한잔 마시고 나왔다. 어느새 내 앞에는 시어머니가 서 있었다. '장난이었다'라며 네가 그렇게까지 심각하게 생각하는 줄 몰랐다고, 다 잊으라며 미안하다고 하셨다. 나는 아무 말도 하지 않았다. 그깟 사과 몇 마디에 마음이 풀리지도 않았고, 무엇보다도 오랫동안 겪어오던 나의 마음속 지옥이 그깟 의미 없는 장난질에 놀아난 것이라는 생각에 화가 났다. 내가 정말 아이들 다 데리고 차 끌고 그렇게 가버리면, 뒤도 돌아보지 않고 결혼생활은 끝이라는 것을 매우 잘 알기에, 남편은 말없이 내가 싸놓은 짐을 차에 싣고 나와 아이들을 차에 태워 집으로 돌아왔다. 기왕 이구역 미친년이 된 김에 제대로 미쳐보겠다고 작정하니 오히려 마음이 편했다.

한동안 시댁에서 오는 연락을 받지도 시댁을 찾아가지도 않았다. 그냥 그렇게 나 자신을 지켜야만 했고 시간이 필요했다. 다시 찾은 시댁은 예전의 그 모습이 아니었다. 모든 식구가 모이는 자리에서 묘한 긴장감이 있었지만, 누구도 전처럼 나를 함부로 대하지 않았다. 어머니는 조용히 부엌 한켠으로 들어와 '다 잊으라'며 다시 한번 용서를 구했다. 그날 남편이 어머니를 따라 나가 다시는 나에게 장난이든 뭐든 그런 말 하지 말라며 어머니를 질타했다고 했다. 그제야 알았다. 지극한 효자 남편이 웬일로 어머니에게 한마디 했다는 것을. 마음의 안도는 되었지만, 특별히 고마운 마음이 들지는 않았다. 어차피 나와 내 아이들은 앞으로 내가 지킬 거니까 굳이 남편의 도움은 필요하지 않았다. 마음을 굳게 먹으니 무

서울 게 없었고 그렇게 시간이 지나다 보니 흘러갈 것
같지 않았던 감정들이 시나브로 흘러가고 있었다.

며느리도 백년손님이다

'나는 소중한 사람이다'라고 스스로 되뇌며 나 자신을 다독였더니 많은 변화가 생겼다. 다시 찾게 된 시댁에서 이제는 "며느리는 백년손님이라는데 왜 씨암탉을 잡아주지 않냐."거나 "효도는 셀프니 이제부터 당신 아들에게 효도 받으시고 전 제 부모님께 효도하겠다."고 당당하게 말했다. 너도 내 자식이라는 말씀에 "나 키워준 우리 부모님은 따로 정정히 잘 계시니 그런 말씀 하지도 마시라."고 한다던가 "네가 낳았지만 내 손자들이니 전화 바꿔라!"는 말에는 어머니 손자지만 친권자는 저이니 저에게 잘 보이셔야 보고 싶은 손자들 보실 수 있다고 말하는 둥 아무 말이나 주절주절 잘 받아치는 며느리가 되어가고 있었다. 어느 날인가는 하도 전화를 하지 않아서 전화하셨다며 "시애미가 먼저 전화를 해야겠냐?"는 볼멘 소리에, 바쁜 세상 그냥 할 말 있는 사람이 전화하자고 한다던가, 남편에게 설거지시키지 말라고 하시길래 이제 제가 데리고 사는 사람이니 제가 관리하겠다고, 그래도 신경 쓰이면 다시 데려가셔도 된다고 해버렸다. 되바라지고 못돼먹은 며느리가 확실했지만 이렇게라도 살아야 했다. 많이 흘려보냈지만, 아직도 여전히 나는 시어머니가 미웠고, 남편과 결혼생활을 유지하는 한 안 볼 수는 없으니 돌파구를 찾아야 했다. 유치하고 치사했지만, 말장난 같은 셀프 치유가 계속 이어졌다.

시어머니가 내 눈치를 슬슬 보기 시작하니 자연스럽게 아무도 나에게 이래라저래라하지 않았다. 그래도 시댁에 있는 동안에는 기본적으로 밥을 먹고 아이들을 챙기는 것을 하다 보니 나도 모르게 지저분한 시댁을 정리하게 되었다. 집에서도 어지러운것을 못보는 나로서는 시댁의 널려있는 물건들이 곤혹스러웠다. 슬쩍슬쩍 하나둘씩 치우기 시작하니 내가 왔다 가면 집이 깨끗해진다고 시어머니가 한껏 좋아하셨다. 가끔 부엌 여기저기에 마구잡이로 쌓여있는 100명이 와서 파티해도 족히 넉넉할법한 접시들을 크기별로 싹 정리해 넣기도 하고, 농기구며 쓰다가 마구잡이로 넣어놓은 신발장을 털어 정리해보기도, 장롱에 쌓여있는 몇 년 지난 뜯지도 않은 영농잡지를 정리하기도 했다. 그러다가 뜻하지 않게 어머니의 장판 속 5만 원짜리 비밀창고를 발견하기도 하고, 박물관에서나 본 것 같은 나무 궤짝에 든 Singer 재봉틀을 찾아내기도 했다.

집은 가꿀수록 반짝반짝 빛이 난다. 아무도 손대지 않은 집 구석구석을 쓸고 닦는 일은 어느새 시댁에서 나의 일상이 되었다. 그러다 보니 집에 정이 가고 마음이 풀어지고 그 집에 사는 사람이 딱해지기 시작했나 보다. 빨래를 털지도 않고 막 걸쳐 놓는 '42년생 그녀'를 향해 "빨래 너는 법도 제대로 못 배우셨냐!"며 타박하면서도, 널어놓은 수건 귀퉁이를 끌어 내려 반듯이 정리하는 시간이 이어졌다.

고목에도 꽃이 피던 시절이 있었을진데

어느 날, 장롱 한 귀퉁이에서 한자가 잔뜩 쓰여 있는 한지 뭉치를 발견했다. 사주풀이를 한 듯 이름이 한자와 한글로 나란히 쓰여있었다. 남편 형제들의 이름이 한 장에 하나씩 있는걸 보니 어머니가 이름을 짓기 위해 작명소에서 받아온 이름인 것 같았다. 가만히 들여다보니 이름이 4개가 아니었다. 남편이 막내고 위로 형이 셋 더 있으니 이름은 4개만 있어야 하는데 이름은 5개였다. 게다가 처음 들어본 이름이었다. 형님들에게 물어보아도 아무도 그 이름을 알지 못했다. 남편은 막내라 물어봐도 집안의 대소사에 관심도 없고 잘 알지도 못하기에 어머니께 물어보았다. 뜻하지 않은 대답이 돌아왔다. 어머님의 첫째아들이었다.

42년생, 해방도 되기 전 일제 강점기. 그 시절 입이라도 하나 덜기 위해 열여섯이던 어머님은 동네 부랑아이던 아버님과 결혼했다. 초등학교도 중퇴한 까막눈에 변변한 기술조차 없고 나이까지 어렸던 어린 부부는 살기가 팍팍했다. 결혼은 했지만 살 집도 하나 없어서 남의 집 셋방살이에 남의 밭을 부쳐주며 생계를 이어갔다. 어느 달인가 고단함에 생리가 끊긴 지도 모르고 있다가 생긴 아들을 꽃다운 나이 열여덟에 낳아 다섯 해를 길렀다. 지금처럼 인터넷도 없고 알려주는 이도 없이 어찌어찌 아이를 키웠는데, 한 날은 아이에게 소고기를 다져서 먹여야 하는데 다지지 않고 큰 것을 그냥 먹였더니 탈이 났다고 했다. 시름시름 앓는 아이에게 당시 할 수 있는 모든 민간요법을 다 해보았지만, 별수 없이 어머님은 첫아들을 잃었다. 그래서 어머님은 지금도 누가 아프다고 하면 민간요법 다 필요 없으니 병원부터 바로 가야 한다고 하신다.

첫 번째 아들을 잃고 그다음 해엔가 어느 스님이 보시를 구하러 오셨다. 어머님은 보시하시며 서운한 마음에 첫 번째 아들의 이름을 스님에게 대었더니, 스님이 말씀하시길 이 이름은 다섯 해를 못 넘길 이름이라고 하셨단다. 그때부터 어머님은 이름을 짓는 것을 매우 중요하게 생각하셨다고 했다. 값이 비싸도 없는 살림 쪼개어 아이들 이름을 지어줄 때는 반드시 작명소에서 좋다는 이름으로 골라 지었다. 그러고 보니 내가 큰아이를 낳았을 때 작명소에 가서 이름을 지으라고 신신당부하던 일이 생각났다. 시어머니에 대한 감정이 좋지 않았던 나는 남편이 뭐라 하든 말든 "열 달 동안 내 뱃속에서 키웠는데 내가 이름하나 못 짓냐!"며, 이름은 내가 부르고 싶은 이름으로 지을 테니 한자는 당신이 고르라고 했었다. 작명소에서 이름을 받지는 않았지만 인터넷작명소를 이용해서 한 자 한 자 이름을 정했고, 남편은 어머니께 작명소에서 이름을 받아왔다고 했다.

큰아이를 잃은 어머니는 제정신이 아니었다. 하지만 삶 또한 저버릴 수도 없었기에 그냥 그렇게 살다 보니 둘째를 낳고 셋째를 낳고, 어쩌다 보니 넷째와 다섯째도 낳았다. 폭군이었던 남편에게 맞기도 많이 맞았지만, 나 하나 참으면 된다는 생각으로 그저 버텨냈다. 그러던 어느 날 둘째 아들에게 큰 교통사고가 났다. 인명 사고의 합의금은 농사지어 먹고사는 농사꾼에게는 너무나도 버거워, 시어머니는 시골을 등지고 도시로 올라와 온갖 허드렛일을 다 해가며 합의금을 마련했다. 우스갯소리로 내가 지금 사는 이 아파트가 있던 자리가 논밭이었을 때, 아파트 짓는 데서 벽돌을 나르고 미장을 했다고. 술만 마시면 개가 되는 그 인간(이하 시아버지)은 어린 자식 둘이나 껴안고 사는 시어머니를 내팽개치고 답답하다는 이유로 시골로 내려가서 전화 한 통 하지 않았다고 했다. 고단한 삶 끝에 빚을 갚은 후, 그사이 다 자란 아들들을 남겨놓고 어머니는 시골로 내려갔다.

　이제 농사지으며 나 먹고살 걱정만 하고 살면 되겠다 싶었는데, 이번에는 시아버지가 쓰러졌다. 15년을 똥오줌 받아내며 집에서 보살폈다. 어디 요양병원에라도 확 넣어버리고 싶었지만, 전쟁통에 부모 잃고 정 못 받고 살아 그리 망가진 사람을 나까지 버리면 안 되겠다 싶어 돌아가실 때까지 붙들고 살았다고 했다. 시아버지를 혼자 놓아둘 수 없어 자식들 결혼해서 잘 사는 모습을 보고 싶어도 한번을 자식들 집에 가본 적이 없었다. 그러다 보니 이미 나이는 70이 넘어 꼬부랑 할머니가 되었다.

카랑카랑하고 사람 신경 건드리는 짜증 나는 목소리는 어디 가고 어디엔가 착 달라붙어 짐짓 담담한 척되뇌는 어머니의 목소리는 결혼하고 처음 들어보았다. 나는 아무 말도 하지 않았다. 그 와중에도 시어머니가 불쌍하다거나 안타깝다는 생각이 들지가 않아, 나 자신이 이렇게까지 메마른 사람이었나 하는 생각이 들 정도였다. "내 죽으면 하늘에 먼저 간 아들 만나볼 수 있겠지, 오래전 일이지만 그 아 얼굴이 아직도 선명하게 생각난다."며 다른 아들들이 알아봤자 괜히 걱정만 한다고 아는 체 말라고 당부했다.

"세상 만만히 보고 고개 치켜들고 사는 네가 부럽구나. 나는 못 배우고 어려워서 늘 숙이고만 살았다. 한번쯤 높은 사람이 되어 자식들에게 무엇이든 해줄 수 있는 애미가 되고 싶었다만, 이렇게 나이만 먹고 말았지." 말끝에 묻어나는 아쉬움과 서러움을 42년생 그녀도 나도 애써 무시했다. 실컷 미워할 수 있었는데 나한테만 짐을 지워놓은 것 같아 기분이 좋지 않았다.

고목에도 꽃이 만발했던 적이 있었을진데, 하필 내 앞에 있는 하세월 모진 풍파 모두 견디어 낸 고목에는 꽃이 피었던 적이 없었다.

마음으로 느껴지는 모스부호

여전히 싫었다. 카랑카랑한 그 목소리로 "야!"라고 부르는 것도 싫고, 쓰고 버린 면봉이나 뜯고 버린 약봉지를 집안 아무 데나 버리는 것도 싫었다. 정작 아이들 키우며 끼니 거르는 건 나인데, 당신 아들 밥 못 먹을까 전전긍긍하며 나에게 당신 아들 밥 꼭 차려주라고 신신당부하는 것도 다 싫었다. 어머니 삶에 꽃이 핀 적이 없었다는 것에 불쌍한 생각은 들었을지언정, 그 때문에 어머니가 좋아지지는 않았다. 이제껏 다른 가족에게는 한 번도 털어놓지 않았던 모진 인생사를 하필 나에게 왜 처음부터 끝까지 털어놓으신 것인지, 괜히 마음 한켠에 먹먹한 짐을 지고 있는 기분이었다. 서글픈 인생사였지만 그걸 듣는다고 해서 시어머니가 갑자기 애틋해진다거나 불쌍하다는 느낌이 들지 않았는데도 마치 꼭 시어머니를 싫어하지 않아야 할 것 같은 의무감에 시달렸다. 마음속으로 '레드썬!'을 수백 번 외쳤지만, 이미 들어버린 말을 기억에서 지워버릴 수도 없고, 이러지도 저러지도 못한 채 여전히 나는 찜찜한 마음을 가지고 시댁을 방문했다.

눈물 한 바가지 쏙 뽑을 정도의 슬프고도 애련한 인생사를 실컷 듣고도 어머니가 측은한 생각이 들지 않았던 내가 참 모질다고 스스로 생각하고 있을 무렵, 42년생 그녀가 먼저 웃으며 선방을 날렸다. "야, 시애미 집에 왔으면 청소 좀 해라!" 그런데 갑자기 그 말이 '얘, 나 좀 도와다오.'로 들렸다. 평소 같았으면 짜증이 가득 차올랐을 텐데 그 까랑까랑하고 거슬리는 목소리가 왠지 참 처량하게 들렸다. 성격이 갑자기 변한 것도, 내가 갑자기 개과천선하여 착해진 것도 아닐진대 그냥 그랬다.

"그러니까 쓰레기는 쓰레기통에 버리라고 몇 번을 말해요!"

여전히 나는 42년생 그녀에게 큰소리로 잔소리를 한다. 큰소리 끝에 자연스레 어머니가 버린 쓰레기를 줍는 손길이 이어진다. 쓰레기도 아무 데나 버리고 물건도 엉망진창으로 놓는다며 시댁에 갈 때마다 늘 해대는 잔소리에도 왠지 어머니의 반응이 날카롭지 않게 느껴진다. 알 수 없는 신호가 제멋대로 마음속에서 감지된 것처럼 마음이 그렇게 반응한다.

에필로그

솔직히 말하자면 아직도 어머니가 좋은 건 아니다. 이제 좀 훌훌 털어버리고 그러려니 하는 마음의 자세가 필요하거늘. 성격이 까칠해서인지 이제 다 좋아졌다고 입바른 말을 하기에는 차마 입이 떨어지지 않는다. 시어머니가 싫어 결혼생활을 정리하고 싶다는 생각이 들 정도로 괴로웠던 날들 때문에, 아주 티끌만 한 것도 거슬리고 짜증이 났다. 그래서 나는 제일 먼저 내 마음을 보살펴주었다. 내 마음을 보살펴주니 조금이나마 짜증이 누그러들었고, 나는 소중한 사람이라는 생각이 들었다. 비록 반 정신 나간 미친년이 되었을지언정 내가 나를 가장 먼저 돌보아주었더니 그제야 다른 사람들도 돌볼 여유가 생겼다. 마음의 여유가 생겼기에 어머니의 구구절절한 사연들도 알게 모르게 귀를 열고 들을 수 있지 않았을까 싶다. 어머니의 옛이야기를 들어서 마음이 누그러진 것인지 아닌지는 잘 모르겠다. 그래도 치열한 마음속의 전쟁은 그렇게 끝이 나고 있었다.

내년이면 팔순에 접어드는 '42년생 그녀'는 허리가 꼬부라졌다. 등도 굽었고 농사일로 고달픈 손톱과 발

톱은 온통 시커멓다. 내 마음을 그렇게 휘저었던 고통스러운 시간이 지나가고 이제 좀 살만해지자 그게 보였다. 언제고 실수로 돌을 씹어 어금니가 반으로 쪼개졌는데, 치과 치료받을 돈이 없어 부서져 버린 이가 썩어버릴 때까지 내버려 둬서, 옆에 있는 이까지 다 썩어버려 뭉텅이로 없는 이도 보였다. 신경 건드리는 카랑카랑한 목소리로 잡아먹을 듯 당당했던 시어머니가 아들 회사에서 주최하는 행사에 함께 가자고 하니 꼬부라진 허리가 다른 사람 보기에 남부끄럽다고 한사코 손을 내저었을 때 묻어나는 아쉬움과 안타까움이 보였다.

가끔 속으로 생각한다. '다음 생이 있다면 어머니가 내 딸로 태어났으면 좋겠다.'라고. 비록 지금과 별다를 것 없는 애증의 관계로 살아갈지언정, 시어머니도 나무에 꽃도 피고 벌도 날아드는 삶을 살 수 있을지도 모르는데. 아마 아무에게도 이런 나의 마음을 들키지 않으려고 노력하겠지만, 마음속으로 이런 생각이 들었던 순간 나는 알게 되었다. 내 마음이 이제는 괜찮아졌다는 것을. 이번 추석에 특선영화로 '82년생 김지영'을 방송해

준다던데, 올해는 그 영화를 한번 봐볼까 싶다. 이제 정말 마음이 괜찮아졌나 보다.

지금 나는 정말 살 만하다.

고목에도 꽃이 만발했던 적이 있었을진데,
하필 내 앞에 있는 하세월 모진 풍파 모두 견디어 낸
고목에는 꽃이 피었던 적이 없었다.

김애영

모두 잠든 밤, 모두 떠난 낮, 오롯이 홀로 남은 고요한 순간에 글을 짓고 그림을 그립니다. 언제나 봄처럼 따뜻하고 포근하게, 우아하고 아름답게 나이 드는 법을 고민하고 탐색하며 살아가는 중입니다.
#엄마의우아한취미생활

「그
해
가
을」

강산이 두 번 변할 만큼의 시간이 흘렀다.

기가 막히게도

매년 이 날에는 항상

눈이 시리도록 새파랗고 맑은 하늘이

머리 위로 펼쳐진다.

…9월 13일, 오늘은 스무 번째 아빠의 기일이다.

20001013

수능을 두 달 앞둔 고3 교실 맨 뒷자리. 머릿속엔 온통 이 지루한 수업이 끝나면 매점으로 달려가 저 뱃속까지 짜르르하게 속을 달래 줄 초록색 사이다 캔 하나를 청량하게 딸 생각만 하며 앉아있던 아침, 지금이 수업 중인 걸 모를 리 없는 엄마가 자꾸만 전화를 한다. "아직 수업 중, 이따 전화할게!" 책상 밑에 숨어들어 속삭이듯 전화를 끊었지만, 그로부터 다섯 번은 더 울리던 전화. 그땐 왜 몰랐을까, 세상엔 그토록 다급하게 전하고 싶은, 아니 전해야만 하는 말이 있을 수도 있다는 것을.

"선아… 아빠가 쓰러졌대. 그런데 아빠가 숨을 안 쉰대. 아빠가… 죽었대…….”

이게 무슨 삼류 소설 같은 이야기인지. 말도 안 된다. 우리 아빠는 엄청 크고 강하고 튼튼한 사람인데? 우리 몇 시간 전에도 바다 건너 시차 건너 통화했잖아. 아빠답지 않게 나한테 시답지 않은 일상 얘기도 막 하고 그랬는데. 무릎이 맥없이 꺾여 계단 위에 털썩 주저앉았다. 배꼽 근처 저 깊은 곳에서부터 솟구쳐온 눈물이 괴성과 함께 토하듯 쏟아졌다. 아침 보충수업을 막 마친 시간이라 교문까지 걸어오는 동안 교정에는 아무도 없었다. 하늘은 눈이 시리도록 새파랗고 햇살은 그렇게 맑고 밝을 수가 없었다. 아빠가 우리가 보고 싶어 왔다며 갑자기 비행기를 타고 한국에 나타났던 5월의 그 날과 너무나도 닮아 있는 날씨였다. 그날도 이렇게 아무도 없는 교정을 신나게 달려서 내려갔었는데.

5월과 9월의 걸음을 번갈아 내디디며 집에 도착해 보니 넋이 나간 엄마는 혼자서 커다란 캐리어를 꺼내놓고 옷장에 있던 옷을 마구 집어넣고 있었다.

"아빠한테 가야 해. 빨리 아빠한테 가야 해."

와르르 무너져 내린 엄마를 맞닥뜨린 순간, 나는 달려가서 엄마를 안아줄 수 없었다. 화장실로 문을 쾅 닫고 들어가 찬물을 콸콸콸 틀어 놓고 세수를 하며 되뇌었다. 울지 말자, 정신 차리자, 난 안 울 거야, 절대로 울지 않겠어. 거울 속에는 억지로 눈을 부릅뜨느라 벌게진 얼굴의 열아홉 살, 내가 있었다.

그래도 비행은 설레더라

이게 무슨 일인지 생각할 겨를이 없었다. 얼마 지나지 않아 집으로 복작복작 사람들이 몰려들었다. 아빠 회사에선 가족들의 여권을 급히 받아가 급행 비자를 신청하고 비행기를 예약해주었고, 멀리 살던 이모들이 외할머니를 모시고 한달음에 달려왔다. 축축하게 젖은 한숨과 소란스런 통곡이 집안을 가득 메웠다. 매일이 신혼 같고 매일이 파티 같았던 우리 집인데, 모두가 남부러울 게 없는 가족이라며 부러움에 가득 찬 눈으로 우리를 바라보았는데, 말이 안 된다. 이건 무언가 잘못된 거다. 꿈일 거야. 이건 아주 나쁜 꿈일 거야. 다들 울고 있는데 나는 울지 않았다. 아니, 울 수 없었다. 이건 현실이 아닐 거니까.

목사님이 조심스레 나를 부르셨다. 엄마는 지금 많이 힘드실 테니 네가 중심을 잘 잡고 침착하게 생각하고 행동해야 한다고, 장례식장과 화장장을 예약하고 영정 사진을 준비해야 하고, 교회에서 도울 수 있는 장례 절차들은 이런 이런 것들이 있다고. 어깨를 다독여주시는 목사님께 얼굴 근육을 한껏 당겨 웃음을 지어 보였다. 당장 입고 있을 검정 옷이 필요해 집을 나섰다. 동생에게 가져다 줄 검은 양복과 며칠간 내가 입을 만한 검은 정장을 샀다. 바지가 좋을지 치마가 좋을지 탈의실을 들락거렸다. 사정을 알 리 없는 점원의 잘 어울린다는 칭찬에 또다시 얼굴 근육을 한껏 당겨 웃음을 지어 보였다.

밤이 어떻게 지났을까, 새벽같이 공항으로 나가 첫 비행기에 올랐다. 생애 두 번째 비행, 처음과 똑같이 아빠가 계시던 곳으로 향하는 그 하늘길. 정말 기가 막히는 건 오랜만에 만난 사촌오빠가 그렇게 반가웠고, 차디찬 기내식도 맛있었고, 창 밖으로 구름을 구경하는 것도 설레더라. 소풍 가듯, 여행하듯, 한 시간 남짓의 짧은 비행이 그저 아쉬울 만큼.

저 멀리, 공항 게이트 밖에서 우리를 기다리는 동생의 모습이 보였다. 잰걸음으로 일행을 앞질러 동생에게 다가갔다.

"준아, 누나랑 약속해. 엄마 앞에선 우리 울지 말자."

"안 울어. 뭘 울어."

심드렁한 녀석, 세 살이나 어린 게 나보다 훌쩍 커져 있었다. 너무도 의젓한 모습으로.

깨어날 수 없는 꿈

차창 밖으로 회색빛 황톳빛 쓸쓸한 풍경들이 이어
진다. 볼 만한 곳도 갈 만한 곳도 별로 없는 공장 많은 회
색 도시, 중국 톈진. 우직하고 말 수가 적었던 아빠가 엄
마와 나에게 '외롭다, 보고 싶다, 그립다' 수 없이 표현
하게 했던 이 곳. 쿵, 쿵쾅, 쿵, 심장 뛰는 소리가 점점 크
게 들린다. 티 나지 않게 숨을 몰아쉬지만 좀처럼 폐에
공기가 들어가지 않는 것 같다. 아빠의 심장도 이렇게
멎은 걸까. 그래도 설마 산소호흡기라도 달고 계시겠지,
어쩌면 그렇게 보고 싶었던 우리가 달려와서 극적으로
눈을 번쩍 뜨실지도 몰라. 부질없지만 간절하게 이런 생
각들을 떠올리며 의식적으로 숨을 몰아쉬던 그때, 금빛
붉은빛이 어지럽게 어우러진 알록달록 화환들이 저 멀

리까지 늘어선 길에 도착했다. 병원이 아니었다. 그리고 저 가운데, 아빠가 누워있었다.

　아빠한테 참 잘 어울리던 감색 양복, 푸른 셔츠, 붉은 타이. 편안하게 눈을 감고 가슴에 손을 모은 채 누워있던, 차갑고 딱딱하게 굳은 그 손에 가만히 손을 포개고 서서 바라보았다. 마담투소 같은 밀랍인형 박물관이 흔치도 않던 시절, 그저 정교하게 만들어진 마네킹 같았던 그 모습을. 이렇게까지 맞닥뜨렸는데도 여전히 실감이 나지 않았다. 금방이라도 눈을 뜨고 일어나 "우리 딸왔어?"하며 꼭 안아줄 것 같은데, 내가 눈을 감고 '하나님, 일으켜주세요.' 외치면 죽었다가 살아난 성경 속 인물들처럼 벌떡 일어날 것만 같은데, 마음속으로조차 한마디도 뗄 수가 없었다. 꿈이 아니었구나, 깨어날 수 없겠구나, 이게 정말 내 삶에 일어난 일이구나. 아빠 표정이 편안해 보여서 다행이다. 마지막으로 보는 아빠 얼굴이 고통으로 일그러진 게 아니라 참 다행이고 감사하다. 아빠는 편안히 좋은 곳으로 가신 거겠지? 어쩌면 여기 어디선가 우리를 바라보고 있으려나? 그래도 아빠가 잘 살아오셨구나, 이렇게 많은 사람들이 진심으로 애통해하며 존경했다고 말하는구나. 입 밖으로 아무런 말도 나오지 않고 눈물조차 흐르지 않는 공허한 시공간에 둥둥 뜬 채로 가까스로 침묵 속 마지막 인사를 건넨다.

'아빠, 잘 가요…. 나 잘 지낼게요.'

저는 괜찮아요

주름 하나 없이 빳빳하게 다려진 태극기에 덮인 기다란 나무 상자가 비행기에서 구급차로 옮겨간다. 이미 며칠을 조문객들 사이에서 보냈는데 다시 처음부터, 한국에서의 장례가 시작되었다. 눈을 질끈 감고 주먹을 꼭 쥐어본다. 한껏 당긴 볼 근육이 파르르 떨린다.

연신 눈물을 쏟아내며 벌게진 얼굴로 몰려드는 사람들, 몇 번을 반복하고 있는 건지 잘 모르겠던 계속되는 장례 의식과 예배들, 그때마다 나는 앙상하게 마른 나뭇가지처럼 생기가 빠져나가버린 엄마를 대신해 담담하게 웃으며 이야기했다. "저는 괜찮아요. 부모님 떠나보내는 건 누구나 결국은 겪어야만 할 일인데 제가 좀 일찍 겪었을 뿐이죠, 뭐. 씩씩하게 잘 살 테니 지켜봐 주세요."

감사했다. 이렇게 많은 사람들이 진심으로 함께 아파하고 함께 울어주는 것이. 수능이 두 달도 남지 않은 금쪽같은 시간에 사흘 내내 빈소를 찾아 함께 밤을 지새워준 친구들이, 아빠는 정말 멋지고 존경스러운 분이었다며 바깥에서의 모습을 전해주던 사람들이, 엄마가 완전히 바스러지지 않도록 든든하게 곁을 지켜주던 이모들이. 갑작스럽게 심장이 멎을 걸 미리 알기라도 했듯이 평소 말이 없던 아빠가 그 늦은 밤에 전화를 걸어 긴긴 이야기를 나누어준 것이, 병약하고 노쇠해진 모습도 처참하게 사고를 당한 모습도 아닌, 그저 편안하게 깊은 잠을 자듯 누워있던 아빠의 마지막 모습이 감사했다.

까무룩 잠이 들었을까, 나는 끝이 보이지도 않을 것 같이 좁고 깊은 우물 바닥에 가라앉아 있었다. 아무런 소리도 들리지 않고 햇빛조차 내려앉지 못해 사방이 어두컴컴한 우물 속. 그런데 참 따뜻하고 평안했다. 굳이

저 위로 올라가려 애쓰지 않아도 괜찮을 만큼. 몸을 웅
크리고 가만히 엎드렸다. 따뜻한 위로와 감사의 마음이
폭신한 이불처럼 등 위에 사뿐히 내려앉았다.

영원히 아물지 못할 상처

"오메! 내가 옆에나 있었으면 발이라도 따 보고 인공호흡이라도 한 번 해봤을 텐데. 이게 무슨 일이고! 내 아들 살려내라, 내 아들!" 영원히 이어지길 바랐던 평안한 정적을 와장창 깨뜨리는 목소리, 할머니다.

애써 담담한 척 버티고 있던 준이의 눈동자가 흔들린다. 네가 아빠 옆에서 자면서 물이라도 마시든 소변이라도 보러 나왔으면, 그래서 좀 빨리 발견하고 어떻게라도 해봤어야 하는 거 아니냐며 아이의 등을, 가슴을 내려친다. 영원히 빼지 못할 시커멓게 녹이 슨 대못을 열여섯 어린 손자의 가슴에 대고 힘껏 내리친다. 그깟 수험생이 대수냐며 네가 남편 옆에 같이 누워 자면서 살

폈으면 이런 일이 없지 않았겠냐며 핏대를 올린다. 바짝 마른 낙엽처럼 곧 바스러질 것 같은 엄마에게 저기 서 있는 니 아들이 죽었다고 생각을 해보라며 불을 뿜어댄다. 고요하고 잔잔한 호수 같던 마음이 순식간에 얼어붙었다가 날카로운 소리를 내며 산산이 부서졌다. 꽉 쥐어진 두 주먹이 파르르 떨렸다.

남편을 잃은 여인은 미망인, 부모를 잃은 아이는 고아, 하지만 자식을 앞세운 사람은 그 슬픔을 헤아릴 수조차 없어서 붙여줄 말이 없다지. 그래도 가족이니까, 나의 아픔만큼이나 너의 아픔도, 우리의 아픔도 조금은 헤아려볼 수는 없었을까. 얼마나 기가 막히고 힘이 드냐고, 앞으로 우리 서로 의지하고 위로하며 지내보자 말할 수는 없었을까. 입에서 나오는 모든 말이 머리와 가슴에 날아와 꽂혔다. 더 이상 흐를 피도 남아있지 않은 곳에 계속해서 칼과 창이 날아와 꽂혔다. 영원히 아물지 않을 상처가 깊숙이 더 깊숙이 파고들었다.

한 사람이 떠난 자리

부고를 듣고 중국으로 건너가고, 그곳에서 장례를 치르고 대사관을 통해 시신을 한국으로 모셔오고, 한국에서 또다시 빈소를 차리고 장례를 치르고, 가늠할 수도 없는 뜨거운 곳에 차디찬 관을 밀어 넣고, 그 크고 건장한 아빠가 조그마한 단지에 가루가 되어 담겨 나오는 걸 보기까지, 아니, 대리석으로 만든 무슨 거대한 서재 같은 납골당에 넣어두고 집에 돌아오기까지, 대체 얼마의 시간이 흘렀을까.

거실에 모여 앉은 아빠의 동생들은 부의금 봉투를 정리하기 시작했다. 방명록과 봉투에 쓰인 이름을 번갈아 확인하며 자신의 지인들이 낸 것들을 서로 챙겨댔다.

마치 고용된 회계사들마냥 지폐를 꺼내 세어보고 이게 내 손님이니 네 손님이니 해대며 한참을 그렇게 앉아있 었다. 잠시 후엔 사망 보험금 이야기가 오가고 회사에서 받게 될 위로금 타령을 시작했다. 기가 차고 어이가 없 어 방에 들어가 쪼그려 앉았다. 목과 어깨가 돌처럼 딱 딱하게 굳어 움직일 수가 없었다.

얼마 후 껍데기만 남은 듯 너덜너덜해진 엄마와 우 리 남매를 불러 앉힌 그들은 짐짓 눈을 내리깔며 말했 다. "아무리 그래도, 너희들은 이선, 이준이야. 박선, 박 준이 아니라고. 앞으로 할머니 할아버지께 자주 연락도 드리고, 효도하며 살고!"

웃기고 있네.

일찍이 혼자 서울로 올라와 생활하던 아빠와 저 멀 리 살고 있던 그들은, 가족이라 볼 만한 닮은 구석이 단 하나도 없었다. 그리고 아빠를 떠나보내는 동안, 모든 게 더 확실해졌다. 이제 당신들과 우리는 완벽한 남이 된 거라고. 효도는 내 엄마한테 할 테니, 당신들의 부모에 대한 효도는 직접 하시라. 겨우 그 따위 소리가 '어른 노릇'이라 믿는 당신들에게 내어드릴 곁은 이제 없다. 아들을 앞세운 자신의 아픔이 가장 크다며 남편 잃고 아빠 잃은 우리들에게 퍼붓던 원망과 저주의 말들을 잊어줄리 또한 없다. 엄마는 다른 남자 만나서 도망갈 수 있지만 자기들은 나와 피를 섞은 가족이니 절대 그럴 리 없다며, 아빠 사망 보험금 나오거든 할머니 명의로 딱 돌려놓으라고, 이게 다 너희를 위한 거라고, 밤낮없이 몇 번씩이나 돌아가며 전화를 해대던 그 패악하고 간사한 입들, 열아홉 어린 나이에는 차마 해주지 못한 대답을 이제 해드린다. 그 입 다물라. 제발 좀 닥치세요.

진정한 위로

아빠와 함께 중국으로 건너가 국제 학교를 다니던 준이는 대견하게도 그곳에서 학업을 마치고 싶다고 했다. 엄마는 아들의 손을 잡고 비행기에 올랐고 나는 다시 고3 교실로 돌아갔다. 수능이 한 달쯤 남았을 때다.

슬픈 기색 없이 학교에 돌아온 나를 보며 모두들 어색해했다. 차라리 시무룩하거나 슬퍼하거나 하라며 아무렇지 않게 웃고 있으면 우리가 아무것도 할 수가 없지 않냐며 볼멘소리를 하던 친구들, 수능 만점도 바라볼 만한 녀석인데 올해는 아쉽게 되었다며 안쓰러운 표정으로 말없이 바라보시던 선생님들… 나 또한 괜히 멋쩍었다. 이미 휘몰아칠 대로 휘몰아친 감정의 바다는 너무도 크고 깊어 더 이상 파도가 일지 않았기에 슬픈 눈빛으로 위로를 구할 수도 없었다. 끊임없이 차올라도 목구멍 아래에서 꿀꺽 삼켜버린 눈물들은 이제 더 이상 솟아나지도 흘러넘치지도 않았다. 내가 나의 자리에 돌아왔는데, 나의 모습일 수도, 나의 모습으로 보아주지도 않는 이 모든 상황이 싫었다. 한편으론 짧은 영화를 한 편 찍고 온 것 같기도 했다. 나는 내 자리로, 아빠는 다시 중국으로 돌아가 각자의 자리에서 다시 일상을 시작한 것 같은 느낌. 이렇게 생각하면 또 그럭저럭 견딜 만했다.

한동안 내 곁에 머물던 어색한 공기를 깨고 별로 친하지 않았던 옆 반 담임 선생님께서 나를 가만히 부르셨다. "하나도 실감이 안 나지? 우리 아버지도 작년에 돌아가셨거든. 일 년 동안은 아무렇지도 않았는데, 어제 아버지 처음 기일이 되니까 눈물이 터져 나오더라. 내가 진짜로 울기까지, 아버지의 빈자리를 알기까지 일 년이 걸렸어." 툭툭, 어깨를 쳐 주시는 다정한 손길에서 알 수 없는 동지애 같은 게 느껴졌다. 겪어본 사람만이 알 수 있는 그 마음의 상태를 오롯이 공감해 주는 적당한 거리의 그 누군가가, 참 고마웠다.

몇 차례의 장례 예배에서 나와 가족들을 보아온 교회 사람들은 그 후로 나를 볼 때마다 미간을 살짝 찡그린 채 웃음을 지으며 '다 알아, 힘내!' 같은 눈빛을 보내왔다. 때때론 빈소에서 며칠 동안 함께 밤을 지새워준 어떤 친구와 내가 그렇고 그런 사이가 아니겠냐며 수군거리기도 하고, 냉랭했던 친척들과는 그 이후로 무슨 일이 더 없었을지 소리 낮춰 속삭이기도 했다. 정확히 들리지도 않는 웅성거리는 소문들이 구름처럼 내 뒤를 졸졸 쫓아다녔다.

사람들을 피해 예배당 2층 한 구석에 앉았다. 나무 십자가 뒤에서 은은히 새어 나오는 불빛을 보며 한숨을 몰아쉬었다. 폭풍이 휩쓸고 간 자리는 부서진 파편들로 어지러웠고 파도는 멈출 새 없이 계속해서 밀려왔다. 담담한 표정으로 무던하게 버티고 있지만 힘겨웠다. 나도, 준이도, 엄마도, 각자의 자리에서 담담하게, 하지만 위태롭게 스스로를 지키며 서 있었다. 그런데 아빠는? 아빠는 어떻게 되었을까. 아빠는 정말 저 하늘나라에서 평안하게 빙긋이 웃으며 우리를 바라보고 있을까. 눈물도 아픔도 없는 곳이라는데, 그럼 그곳에서 우리를 바라볼 땐 대체 어떤 마음이 드는 걸까. 사실은 이 모든 게 그저 상상이고 허구였을까. 사람이 죽고 나면 반투명한 영혼이 둥실 떠올라 이 세계 어딘가를 전전하는 걸까. 혹은 아빠의 영혼이 당도한 곳이 하늘이 아니라면, 그 반대의 경우라면….

문득 몰려온 두려움에 세차게 고개를 저었다. 조용히 다가와 저 멀찍이에 나란히 앉으신 목사님께서 말씀하셨다. "이런 마음이 들 수가 있어. 우리 아부지는 가끔씩 술도 한 잔씩 하시고 바쁘면 교회도 빠지고 그랬는데, 혹시… 교회에서 말하는 천국과 지옥에 대한 이야기가 남은 가족들의 마음에 불안과 걱정만 더해줄 때가 있지. 하지만 구원은 이 차표 같은 거야. 차표를 손에 쥔 사람은 그 사람이 오늘 무얼 먹었든 무슨 옷을 입었든 차에 탈 수가 있어. 우리는 모두 이 차표를 손에 쥔 사람들이야. 아빠는 편안히 그 차에 오르셨고, 우리는 이제 우리에게 주어진 시간 동안 이 차표를 잘 간직하고 살다가 때가 되었을 때 그 차에 올라서 다시 만나면 되는 거야."

신학적 종교적 철학적으로 늘 논쟁거리였던 이야기, 하지만 아무래도 중요치 않았다. 이 땅에 남겨져 다시 오늘의 일상을 살아가야 하는 우리에게, 나에게, 다시 몸을 일으킬 수 있는 힘을 주었고 내일의 소망을 안겨주었으니까. 아무한테도 말하지 못했던, 하지만 문득 떠오를 때면 눈앞이 깜깜해지는 것만 같았던 그 생각, 그 기분들이 한순간에 저 하늘 새털구름처럼 가볍게 떠올라 사라졌다.

"그래요 아빠, 나 잘 지내고 잘 살게요. 우리 나중에 꼭 웃으며, 다시 만나요!"

다시, 일상

∞∞∞

모두의 우려와는 달리 그 해 11월, 나는 소위 말하는 SKY 대학에 너끈히 들어갈 만한 수능 성적을 거두었고, 덕분에 어색한 위로에서 탈출해 축하와 부러움, 약간의 시샘을 받는 일상으로 돌아왔다. 고등학교를 졸업하고는 학교 앞 안암동으로 이사를 했고, 새내기 대학생이 되었다. 그렇게 작년과는 아주 다른, 새로운 하루하루가 시작되었다.

중국과 한국을 오가며 바다 건너 두 아이를 돌보느라 바빠진 엄마는 더 이상 무너지지 않으려 애를 쓰고 있었다. 밀려드는 침울함에 잠기지 않으려 애처롭게 버티고 있었다. 우리는 약속이나 한 듯 서로의 앞에서는 슬픈 기색을 내보이지 않았다. 울지 않았고 말하지 않았다. 아무 일도 없었던 것처럼 아무렇지 않은 듯 일상을 꾸며내고 있었다. 인정하면 현실이 될까 봐 두려웠고, 흔들리면 한순간에 무너져 내릴까 봐 무서웠다. 학교가 훤히 내다보일 만큼 가까웠던 우리 집을 향해 나는 학교에 있으면서도 틈날 때마다 전화를 걸며 손을 흔들었고, 엄마가 혼자서 울고 있지 못하게 하루에도 몇 번씩 갑작스레 집을 들락거렸다.

"엄마! 창문 밖으로 나 좀 봐! 나 친구들이랑 선배들이랑 여기 앞에 지나간다!"
"어머, 그러네! 재미있게 놀다 와!"

"엄마, 또 혼자서 울고 있는 거 아냐? "
"아니야, 안 울었어."

"엄마, 우리 오늘은 '나그네 파전' 가서 막걸리나 한 잔 할까? "
"좋지! 몇 시에 내려갈까? "

전화기 너머로 축축하게 젖어있는 목소리는 서로 모른 체했다. 수업이 끝나면 엄마와 팔짱을 끼고 학교에 가서 100원짜리 서관 자판기 커피를 뽑아 마셨다. 너른 잔디밭 여기저기에 뒹굴거리는 친구들을 보며 손을 흔들었고, 다람쥐길과 법대 건물을 지나 중앙 도서관까지 학교 구석구석을 엄마에게 보여주었다. 봄처럼 화사하게 빛나는 명문대생이 된 딸은 엄마의 자랑이었고 기쁨이었다. 엄마가 예전처럼 온 마음으로 웃는 순간들이었다.

집안에 괜히 슬픈 기운을 머물게 하고 싶지 않아 매년 아빠의 기일을 모른 척 지나갔다. 준이와 엄마와 둘러앉아 가족 신파극을 찍고 싶지도 않았고, 기독교 집안에서 음식 가득한 제사상을 차려놓고 숟가락을 꽂아두기도 이상한 노릇이었다. 가까스로 평범하게 굴러가는 일상을 일 년에 한 번씩 굳이 주저앉힐 필요도 없었고. 봉안당을 찾는 일은 더더욱 없었다. 아주 가끔, 서로에게 말없이 혼자서 조용히 다녀오는 건 서로 모른 척 지나갔다. 슬픔을 딛고 이겨내 가는 우리 셋 나름의 방식이었다.

그렇게 겨울과 봄, 여름이 지나갔다. 하루하루 위태
롭던 날에서 우는 날보다 웃는 날이 점점 많아지고, 마
치 정말로 아무 일도 없었다는 듯, 아빠는 다시 주재원
으로 중국에 혹은 어딘가에 잠시 지내는 것이라 말하고
믿으며 그렇게 일상을 살아냈다. 어떠한 부재의 흔적도
만들어내고 싶지 않았고, 인정하고 싶지 않았다. 새로이
만난 사람들은 모두 아빠가 오랜 해외 근무 중이신 정
도로 알고 있었고, 어느 순간부터는 나도 그렇게 믿으며
지냈다. 더 이상 어색한 공기에 휩싸이고 싶지 않았고
측은해지고 싶지 않았다. 자존심 한껏 세우고 반짝반짝
빛을 내며 모두가 부러워할 만한 나로 돌아가고 싶었다.
그렇게 하루, 이틀, 일 년, 이 년… 십 년이 흘렀다.

그 해, 겨울

〰〰〰〰〰〰〰〰〰〰〰〰〰〰〰〰〰〰〰〰〰〰〰〰〰〰

　볕이 좋은 가을이면 그리움이 가시처럼 돋아났다. 몇 번의 연애가 모두 가을에 끝났던 것이 우연은 아니었겠지. 스무 살 이후로 절대 꺼내지 않고 마음속에 담아둔 그 해 가을의 아픈 기억들이 가을이면 계절을 타고 스멀스멀 흘러나와 곁에 있는 사람들의 기분을 침잠하게 했다. 영문도 모른 채 끈적한 슬픔과 가시 돋친 그리움에 밀려나거나 질려서 떠난 사람들, 그들도 나도 어쩔 도리가 없었다. 마음속 한 켠에 절대 열지 않는 방을 만들어버린 나는 가을과 겨울이면 언제나 혼자였다.

　어김없이 차갑고 날 선 상태로 맞이한 어느 해 겨울, 새로운 사랑이 찾아왔다. 연인이기 이전에 좋은 친구였던 민은 따뜻한 마음을 오롯이 쏟아부어 주는 사람이었다. 닮은 곳 하나 없지만 마치 또 다른 나를 만나기라도 한 듯 취향과 마음이 놀랄 만큼 잘 통했고, 함께 있을 땐 웃음이 끊이지 않았다. 거침없이 솔직했지만 모난 구석이 하나도 없었다.

"나는 잘 참고 잘 삼키는 네가 싫어. 그 아이는 마음에 들지 않아. 그냥 나한테는 막 투정 부리고 짜증 부려. 괜찮아. 참지 말고 삼키지 마. 그럴 거라고 약속해줄래? "

처음이었다. 내 안에 숨어있던 눈물이 그렁그렁한 열아홉 살의 선을 알아보아준 사람은. 너무 일찍 삼키는 법만 익혀 뱉을 줄 모르게 된 어른아이, 웃고 있지만 울고 있는 애어른을 보아준, 보듬어준 사람은. 마음 한 켠 숨겨둔 방문을 사이에 두고 우린 나란히 웅크리고 앉아 있었다. 낡고 녹슨 방문은 살랑이듯 불어오는 바람에 조금씩 조금씩 흔들렸다. '사랑한다, 미안하다, 고맙다, 힘들다, 서운하다, 속상하다, 슬프다.' 이런 말들을 밖으로 꺼내고 표현하는 법을 배웠다. 온전히 열어 보이고 오롯이 이해받으며 나는 한결 여유롭고 편안해졌다.

아빠가 돌아가시기 전 우리 집에선 웃음이 끊이지 않았다. 기념할 일이 있을 때마다, 혹은 아무 날이 아니더라도 케이크에 불을 밝히고 샴페인 잔을 부딪쳤으며, 철마다 계절마다 산으로 강으로 바다로 소풍을 나섰다. 엄마와 아빠는 언제나 신혼처럼 알콩달콩했고 그 사이에서 넘치는 사랑을 받으며 자라온 나는 늘 그런 가정을 꿈꾸며 자라왔다. 하루하루 희미하고 아득하게 멀어져만 가던 추억 속 장면들이 어느 순간 점점 더 가까이, 점점 더 선명하게 돌아오기 시작했다. 오랜만이지만 아주 편안하고 익숙한 느낌, 한참을 정성스레 준비한 잔치 음식들의 냄새, 십 년 전 이십 년 전 우리 집에 들어온 것 같은 유쾌하고도 따뜻한 기운, 처음이지만 집에 돌아온 것 같은 기분, 그리고 두 팔 벌려 반가이 맞아주시는 어머니와 아버지, 빙긋이 웃고 있는 듬직한 동생⋯. 그의 집, 아니 우리 집이었다. 그리고 이듬해 봄, 우리는 결혼을 약속했다.

나 사실은 아빠가 보고 싶어

10년이 흐른 그 해, 가을.

결혼식 날짜가 다가올수록 마음이 복잡했다. 십 년을 마음속 한 구석에 숨겨둔 아빠의 부재를 정면으로 맞닥뜨려야 할 순간이 다가오고 있었다. 청첩장 속에, 결혼식장에서, 아빠의 이름과 존재가 있어야 할 그 자리가 무엇으로도 채울 수 없는 빈칸이라는 사실이 아팠다. 이제 와서 한 사람씩 붙잡고 우리 가족이 화목하지 못해 깨어진 게 아니라 갑작스러운 죽음으로 어쩔 수 없는 헤어짐을 겪은 것뿐이라고 구구절절 설명할 수도 없었다. 그 옛날 구름처럼 내 뒤에 매달려있던 웅성거리는 소리들이 다시 나를 괴롭히기 시작했다.

민과 나의 활짝 웃는 사진을 넣어 청첩장을 만들었다. 한참을 썼다 지웠다 하며 엄마 이름 옆에 '故'를 붙인 아빠의 이름을 적어 넣었다. 비록 아빠는 곁에 없지만 내가 아빠 딸이라는 사실은 변함이 없으니까, 꼭 그렇게 하고 싶었다. 너무나 오랜만에 활자로 된 아빠의 이름을 가만히 들여다보았다. 꾹 다문 입술 사이로 한숨이 새어 나왔다. 용기… 용기가 필요했다. 나를 스스로 마주할 용기, 그리고 감추고 외면했던 나의 아픔을 인정하고 내어 보일 용기가. 정말 어른이 되어야 할 순간이 다가온 것이다.

아빠의 열 번째 기일에 민이 조심스레 말했다. 결혼하기 전에 아빠한테 다녀오자고, 장인어른한테 꼭 인사드리고 싶다고 어린아이가 조르듯 손을 붙잡고 흔들었다. 못 이기는 척 따라나섰다. 몇 해가 흐르는 동안 훨씬 더 빼곡히 들어찬 죽음의 단지들이 차갑게도 쌓여 있었다. 알록달록 붙어있는 플라스틱 꽃들과 사진, 밖에서 스며드는 향 냄새, 여기저기서 메아리치듯 들려오는 곡 소리, 하나도 변한 게 없었다. 어색해지고 싶지 않아 사춘

기 소녀처럼 뾰로통하게 말했다. "여기야. 아빠, 나 왔어요."

그땐 몰랐지만 지금 보니 참 말갛게 어렸던 이선, 까까머리 이준, 지금의 내 나이쯤이나 되었을 듯한 젊은 엄마와 이제 곧 나와 친구를 해도 될 것 같은 젊은 아빠. 허옇게 바래 가는 오래된 사진 속 모습들을 바라보며 가만히 숨을 몰아쉬었다. 민은 살며시 양복 안주머니에서 청첩장을 꺼내 빛바랜 가족사진 아래에 붙이며 말했다.

"아버님, 선이 이제 제가 잘 돌볼게요. 하늘에서 늘 지켜봐 주세요. 그리고 저희 결혼하는 날에도 꼭 기쁜 마음으로 축복하는 마음으로 함께 해주세요. 선아, 나 이제 먼저 나가 있을게. 아빠한테 인사 잘하고 나와."

무슨 영화 찍는 것도 아니고 여기서 무슨 인사를 하라는 건지. 피식 웃으며 사진 속 아빠와 눈이 마주쳤다. 그래. 용기가 필요한 순간, 이제는 인정하고 받아들여야 할 순간이 되었다. 늘 그렇듯 말없이 빙긋이 웃고 있는 아빠의 얼굴을 보며 머뭇머뭇 마음속 이야기를 전한다.

'아빠, 나 시집가. 아빠랑 손잡고 입장해야 하는데 어쩌지? 아빠만 있었으면 참 좋았을 텐데. 우리 되게 근사한 야외 결혼식도 준비했고… 아빠만 오면 되는데….'

생각하는 것만으로도 턱관절이 시큰했다. 참을 수 없는 딸꾹질처럼 눈물보다 흐느낌이 앞서 터져 나왔다.

"아빠, 알지? 나… 사실은 아빠가 많이 보고 싶어."

가을, 오늘도 맑음

아빠,

벌써 스무 해가 지났어요. 오늘도 그 날만큼이나 눈이 부신 아침이에요. 늘 그래 왔듯 우리는 모두 이 날을 잊지 못하고 기억하면서도 잊은 척 모른 척 일상을 보내고 있어요. 형체조차 남지 않은 유골함 앞에서 슬픈 척 고개를 떨구는 일도, 마주 앉아 밥을 먹지도 못하는데 상을 차리는 것도, 모두 의미 없고 부질없는 걸 우리는 이미 잘 알고 있으니까요.

여전히 어제처럼 생생하지만 또 영원이라도 흐른 듯 뿌옇게 지워져 가는 아빠에 대한 기억들은 늘 이 계절과 맞닿아 있어요. 굳이 기억하려 하지 않아도 이렇게 문득 가을의 기운이 묻어날 때면 20년 전 오늘처럼 뻥 뚫린 가슴으로 시린 공기가 드나들어 자꾸만 한숨을 몰아쉬게 되지요.

아이가 태어나고 이 작은 생명이 온 가족에게 얼마나 큰 기쁨을 안겨주는지를 보면서, 아빠가 나를 품에 안았던 때를 생각합니다. 이 아이를 아빠가 품에 안아보았다면 얼마나 좋았을까를 상상해 봅니다. 이제 '엄마'보다는 '할머니'로 불릴 때가 더 많은 나의 엄마를 보면서, 아빠가 살아 계셨다면 어떤 할아버지가 되었을까도 그려봅니다. 한 번 해본 적도 없으면서 낚시가 해보고 싶다고 매일같이 조르는 아이에게 "외할아버지, 그러니까 엄마의 아빠도 낚시를 너무너무 좋아하셨어."라고 대답하며, 내 아이의 손을 잡고 낚싯대를 드리워줄 아빠가 곁에 있었으면 얼마나 좋았을까를 떠올려봅니다.

죽은 뒤에 몸에서 영혼이 둥실 떠올라 이 세계 어딘가를 둥둥 떠다니는지, 저 구름 위 하늘나라에서 가끔씩 우리를 바라보는지, 혹은 정말 육신이 스러져갈 때 우리의 존재 또한 無의 세계로 영영 사라져 버리는 건지 알수 없지만, 이 세상에 나를 있게 했고, 유년 시절 내 안에 반짝이는 순간들을 가득 채워주었고, 떠나는 그 순간까지 가장 강하고 든든한 모습만 보여주고 불꽃같이 사라진 아빠의 존재는 나의 기억 속에서 늘 함께할 거예요. 지금까지 그랬듯이 앞으로도 어쩌면 영원히 표현하지 않겠지만, 이미 아빠의 나이에 닿아버린, 얼마 후면 아빠보다 나이가 더 많아질 나의 삶 속에서, 우리 함께 늙어가요. 이 모든 것이 언제든 순식간에 홀연히 사라져 버릴 수 있다는 걸 기억하며, 지금 이 순간을 마음껏 기뻐하고 즐기고 누리며, 아낌없이 사랑하고 사랑받으며, 그렇게 살게요.

이 말을 입 밖으로 뱉기까지 꼭 10년이 걸렸고, 다시 글로 쓰기까지 또 10년이 걸렸어요.

"아빠, 사실은 나 아빠가 많이 보고 싶어요."

2020년 9월 13일, 선이가

아무한테도 말하지 못했던,
하지만 문득 떠오를 때면 눈앞이
깜깜해지는 것만 같았던 그 생각,
그 기분들이 한순간에 저 하늘 새털구름처럼
가볍게 떠올라 사라졌다.

해단

작가가 되고 싶다고 떠들고 다니는 91년생 직장인,
글로 좋은 영향을 끼치고 싶습니다.

「나는 싸가지 없이 살기로 했다」

프롤로그

이 책을 쓴 걸 후회했습니다. 권고사직을 당했던 이야기를 썼기 때문입니다. 솔직해지고 싶었습니다. 지인들에게는 그만뒀다고 얘기했지만, 사실은 잘렸습니다. 부모님께도 말씀드리지 못했습니다. 이 책을 보신다면 알게 되시겠지만요. 허허, 다 지나간 일이니, 속 시원히 털어버리겠습니다. 살다 보면 잘릴 수도 있는 거죠, 뭐. 오래전부터 작가가 되고 싶다 여기저기 떠들고 다녔지만 제대로 써본 적은 없었습니다. 용기 내 처음으로 나름의 긴 글을 썼습니다. 회사에 다니며 겪었던, 겪고 있는 일들을 솔직담백하게 써 내려 갔습니다. 저에게 회사는 참 쉽지 않았습니다. 지금도 그렇고요. 처음에는 착한 직원이었지만, 점점 변해갔습니다. 어느덧 까탈스러운 직원이 되어버렸습니다. 살아남기 위해서는 어쩔 수 없었습니다. 변한 모습의 제가 좋습니다. 다들 잘 버티고 계시는지 모르겠습니다. 제 글이 너무 답답해 목이 막히는 듯한 느낌도 들고 사이다 한 잔 원샷한 기분도 드실 겁니다. 저의, 회사 근무기가 많은 분께 위안이 되었으면 합니다.

할 말 하는 게 어때서?

"김 대리가 말투가 좀 톡톡 쏘지?"

"나가! 그만둬! 사장이 이런 것도 못 시키냐! 나가!"나가진 않고 자리로 돌아갔다.

"내가 대표예요. 직원은 대표가 하라 그러면 다 하는 거예요!"

"해단 씨 성격 원래 그런 거 아는데…."그쪽 성격도 만만치 않았다.

"요즘 애들은 다르네! 달라"비꼬는 말투다, 꼰대 중에 꼰대다.

내가 직장을 다니며 들었던 말들이다. 수많은 말을 들었다. 들었던 말들을 보니 확실한 건 난 싸가지가 좀

없는 편인가보다. 참 잘살고 있다는 생각이 든다. 할 말
은 해야겠다. 사회생활을 하다 보니 말하지 않고 참는
사람이 부당한 일을 겪는 것을 자주 보게 된다. 이해할
수가 없다. 착한 사람에게 잘해 주는 게 당연하다는 생
각이 들지만, 세상은 그렇지 않다. 착한 사람은 호구다.
착한 사람은 착한 사람도 나쁘게 만든다.

　입사 2개월 차의 일이다. 매일 오전 8시 반 회의 시
작, 회의 5분 전 사무실에 도착해야 한다. 퇴근하고 집에
가면 녹초가 된다. 회의 시간에 하는 것. 일과 보고, 전
에 했던 일 보고 등등 아무리 생각해도 왜 9시 근무 시작
전에 이걸 해야 하는지 이해가 되지 않는다. 근무시간에
해도 충분한 것이다. 한 달 뒤 정규직이 되면 9시에 회의
를 했으면 좋겠다고 건의하려고 했다. 근데 이건 아니지
않나. 회의 시간이 되었다. 난 참지 못했다.
　드릴 말씀이 있다며 시작했다. 9시로 출근 시간을
조정해주셨으면 한다고 건의했다. 8시 반에 하나 9시에
하나 업무에는 지장이 없다. 그리고 체력적인 부분도 무
시할 수 없다. 집에 가면 녹초가 된다. 이사님은 많이 당

황하신 기색이 역력했다. "아 그래? 생각 좀 해봄세" 뭐지? 뭘 또 생각한단 말인가 이사님은 해주기 싫은 것에는 고민이 오래 걸리는 경향이 있었다. 두 시간 뒤 이사님은 다른 직원들에게도 의견을 물었다. 근데 이게 웬일인가? 다들 9시까지 출근하는 게 더 좋으면서 이사님 눈치를 보느라 시큰둥한 척했다. 이사님의 물음에 다들 말도 안 되는 대답을 했다. 마치 자신들은 이러나저러나 상관없다는 듯이 말이다. 무섭고 조마조마했다. 다시 8시 반 회의를 해야 할까 봐. 그때였다. "그래 우리 김 대리가 그렇게 하자는데 9시까지 출근하지 뭐 설립 8년 만에 처음 있는 일이네" 생각만큼 나쁜 분은 아니었나 보다. 속으로 쾌재를 불렀다. 역시 할 말은 해야 한다.

착한 직원의 말로

＊＊＊

"해단아 일할 때 싸가지없게 할 말도 좀 해, 처음에
는 욕먹을지 몰라도 결국 일 잘한다는 소리 듣는 거야"
첫 직장에서 상사에게 들었던 말이다. 물러터진 나를 보
고 상사는 답답했는지 한마디 했다. 그런 성격 덕분에
일 복이 터졌고 당연히 업무 속도도 느렸다. 그렇게 1년
을 버텼지만 권고사직 통보를 받고 말았다. 회장님께서
찾으신다기에 찾아갔다. 무슨 일로 부르셨을지 상상조
차 하지 못하고 있었다.

회장님은 정말 부서를 옮길 수 있겠냐고 물으셨다.
난 어리둥절했다. 이게 도대체 무슨 소리란 말인가? 이
해가 가지 않았다. 아마도 나를 다른 부서로 보내기로

되어있었고 회장님은 정말 옮길 수 있겠는지 물으신 것이다. 그럼 우리 부서의 팀장도 알고 있었단 얘기였다. 나는 자리로 돌아갔고 팀장이 면담하자 했다. 부서를 이동하라고 하셨다고 말했다. 이건 권고사직이나 다름없었다. 팀장은 전혀 몰랐다고 했다. 그때는 믿었다. 팀장도 회사 내에서 입지가 별로 없으니 몰랐을 수도 있겠다고, 지금 생각해보면 말도 안 되는 변명이다. 몰랐다니? 팀장이? 그걸 모를 수가 있을까?

권고사직 통보를 받기 일주일 전 잡혀있던 면접일정 그게 내 후임자였다는 걸 퇴사할 때 즈음 알게 되었다. 차라리 미안하다 하지. 23살에 처음 겪었던 사회의 잔인함이었다. '힘들고 슬플 때는 술 마시지 않기'라는 나름의 원칙이 있었는데 그때 깨져 버렸다. 술을 마시고 매일 밤 눈물을 쏟아냈다. 잘렸다는 사실보다 팀장의 거짓말과 내 후임자가 정해져 있었다는 사실이 더 고통스러웠다.

왜 그렇게까지 해야 했을까? 면접자들이 온 것을 보고 같은 부서 사람들과 대화를 나눈 것이 기억났다.

서로 어떤 부서의 직원을 뽑는 것인지 추측했다. 이 대리는 혹시 우리 부서 인원 충원하는 게 아니냐며 내 후임이 오는 것 같다고 했던 말이 머리에 맴돌았다. 수치스러웠고 창피했다. 직원 면접은 권고사직 통보 후에 했어도 되었을 텐데 말이다. 차라리 잘된 일이다. 철저하게 수직관계인 이 회사 다니까로 끝나야 하는 말투, 출퇴근 왕복 4시간, 밥 먹듯이 하는 야근과 주말 출근 1년이면 된 거야 그래 그 정도면 된 거야. 차라리 잘 된 거야. 그렇게 자신을 다독였다. 첫 사회생활의 쓴맛이었다.

가, 족같은

첫 회사와 안녕한 후 집과 가까운 곳에 직장을 구했다. 출근 시간 20분에 업무도 바쁘지 않았다. 그러나 치명적인 단점이 있었다. 그건 바로 가! 족! 회! 사! 모든 가족 회사가 힘들게 하는 건 아니겠지만 이곳은 힘들었다. 다들 "가족 회사는 다니는 거 아니야"라 했지만 직접 겪기 전까진 공감하지 못하는 법이다. 전임자가 회사 분들에게 까탈스럽게 대하길래 예의 없다고 생각했는데 한 달 두 달 다니다 보니 이해가 되었다. 근무시간에 하는 일도 없으면서 내 일에 참견하는 상무(회장님의 사위), 말도 안 되는 업무를 시키는 사장(회장님의 처남), 객식구인 전무(성희롱 발언 전문) 그리고 여자를 밝히는 사장의 친구.

총체적 난국이라는 걸 다니면서 깨달았다. 상무는 아침부터 퇴근할 때까지 참견했다. 이건 이렇게 하는 거 아니냐 저렇게 하는 거 아니냐 그렇게 하면 안 되지 않느냐, 사사건건 걸고넘어졌다. 실수를 한 적도 별로 없는데 처음엔 내가 잘 모르니 도와주는 것으로 생각했다. 그러나 2년을 다니는 내내 변함없었다. 이건 당해보지 않은 사람은 모른다. 내가 못 미덥나? 근데 정말 나는 일을 못 하지 않았다. 맹세할 수 있다. 내가 마음에 안 들어서 그러는가 싶었으나 그만두겠다는 사람들 모두 상무 때문이었다. 전무님은 말씀하셨다. "사람은 착해"이건 뭐 그냥 참으라는 얘기다.

전무님은 성희롱 발언 전문이었다. 사무실 내에서 못 하는 말이 없었다. 어디를 갔는데 젊은 아가씨가 나왔고 초이스가 어쩌고저쩌고, 고통의 나날이었다. 그 당시 남자친구가 있었는데 그 친구가 이상한 곳에 가는 악몽을 일주일 동안 꿨다.

이번엔 사장님 얘기를 해야겠다. 다른 사람이 해야할 업무를 나에게 들고 오셨다. "하라면 해!" 내가 이 업무를 하려면 6시간이 걸린다. 원래의 담당자가 하면 1시간, 그럼 누가 해야 하는가? 첫 직장에서 깨달은 것이 있다. 무조건적인 순응은 나쁜 상사를 만든다는 것, 내가 많은 업무를 떠안아야 한다는 것, 변하기로 했다. 다시 한번 못한다고 말씀드렸다. 사장님은 매우 화가 나 있었다. 서류 뭉치를 바닥에 집어 던지며 "하라면 해!! "나가! 그만둬! 사장이 이런 것도 못 시키냐! 나가!"이게 그렇게까지 악을 쓸 일이란 말인가. 나는 무표정으로 자리로 돌아갔다. 얼굴이 붉게 달아올랐다. 그 뒤로도 트러블이 있었지만, 최소한 업무가 늘어나지는 않았다.

회사를 그만둔 가장 큰 이유는 사장의 친구였다. 나에게 할아버지뻘이었다. 회사를 들어오자마자 나를 보고 환하게 웃는다. 왠지 께름칙한 저 웃음 싫었다. 마치 영화 도가니에서 어린 여자아이가 화장실 칸 안에서 문을 걸어 잠그고 웅크리고 있고 장광 배우가 옆 칸에서 변기를 밟고 올라가 그 아이를 위에서 보고 있을 때, 그 웃는 모습과 겹쳐 보인다. 사장과 그 친구, 나 이렇게 셋이 점심을 먹었고 사장 친구는 옆에서 웃으며 내 팔을 손으로 잡았다. 사장도 그걸 보았고 나는 아무 말도 하지 못했다. 그냥 속으로 앞으로는 절대 밥을 먹지 않으리라 다짐했다. 사장 친구는 "다음에 치킨이라도 먹을까?"하며 연락처를 알려달라고 했다. 고통의 순간이었다. 그런데도 아무에게 말하지 못했다.

며칠 뒤 그자는 다시 사무실로 찾아왔고 천천히 걸어와 내 옆에 가까이 다가와 오른손을 내밀었다. "악수 한번 할까?" 제발 꺼져 주길 바랐다. "죄송해요, 손에 땀이 너무 많이 나서요" 그 뒤로 두세 번 더 손을 내밀었으나 거절했다. 이제 끝났구나 하고 안심했다. 역시나 방심은 금물이다. 사장과의 사담이 끝나고 집으로 돌아가려는 찰나 다시 내 쪽으로 천천히 다가와 오른손을 내밀었다. 그냥 악수 한번 해주고 끝내야겠다. 나도 오른손을 내밀어 악수를 받았다. 하지 말았어야 했다. 맞잡은 손을 그자 본인의 얼굴로 가져다 댔다. 내 손이 그XX 얼굴에서 비벼지고 있었다. 비벼지는 동시에 그XX는 도가니 장광 배우의 미소를 띠었다. 굳어버렸다. 모든 게 멈춰졌고 내 심장 소리가 들렸다. 그XX 얼굴을 볼 때마다 심장이 쿵쾅거렸다. 상사에게 말했으나 "노망난 노인네 왜 그런데, 미쳤나봐"라는 소리만 들었고 변하는 건 없었다. 회사가 싫어서 다른 일을 하고 싶지만, 세상에 어떤 직업이 있고, 무엇을 어떻게 시작해야 하는지 모르겠다. 난 다시 새로운 직장을 구했다.

나는 싸가지 없이 살기로 했다

～～～～～～～～～～～～～～～～～～～～～～～～～～～～～～

다년간의 회사 경험으로 싸가지 없는 직원들은 나름대로는 편하게 회사생활을 하는 것처럼 보인다. 첫 회사에서의 기억이다. 많은 직원이 무서워했던 대리님이 계셨다. 외모에서부터 카리스마가 넘쳤다. 무엇보다 눈빛이 너무 무서웠다. 서류를 제출하지 않는 직원이 있으면 찾아가서"서류 안내실 거에요? 안 내시면 사장님께 보고 올려요"하고 유유히 사라졌다. 우리 팀장에게도 찾아왔다."팀장님 여기 부서는 왜 매일 늦어요? "이런 사람 처음 봤다. 난 이유도 없이 피해 다녔다. 23살 한창 겁 많을 시기였나보다. 무서움과 동시에 동경의 대상이었다. 할 말 다 하고 갈구기도 잘했다. 그래서인지 직원들은 서류도 칼같이 제출하고 최대한 예의를 지켰다. 변하고 싶었지만 쉽게 되지는 않았다.

첫 회사와 안녕한 뒤 변하기로 했다. 할 말은 하자 부당한 것은 부당하다고 말하자. 쉬워 보이는 사람이 되지 말자. 카리스마 대리님 덕분에 깨달음을 얻은 뒤로 회사에서 싸가지 없다는 말을 들으면 기분이 좋았다. 다들 나와 트러블이 생기기 싫어 조심스럽게 대했다. 왜 착한 사람으로 기억되고 싶었을까? 어차피 나에게 중요하지도 않은 사람들인데 퇴사하면 만나지도 않을걸? 싸가지 없이 살면 이렇게 편한데

상사에게 맞받아치기

나와 트러블이 있었던 상사들은 공통점이 있다. 사람을 은근히 기분 나쁘게 한다. 그리고 실수를 자주 했다. 어떤 상사를 만나도 처음에는 사이가 좋다. 보통 2주 정도의 시간이 지나면 상사의 본색이 드러나기 시작한다.

상사에게 인수인계를 받는 기간이었다. 앞으로 봐야 하는 파일들을 보는 중에 이상한 부분을 발견해 상사에게 물었다. 상사는 당황했다가 이내 깨달은 표정이었고 얼굴이 붉어졌다. 상사의 실수로 잘못 입력되어있던 걸 내가 찾은 것이다. 찝찝했다. 그냥 넘어갔어야 했나 잘못 적혀있을 줄은 몰랐다. 상사의 실수를 집어냈다.

그 뒤로도 물을 때마다 의도치 않게 상사의 실수들이 드러났고 난 미안하고 곤란했다. 이 업무를 앞으로 맡아야 했기 때문에 계속 물어봐야 했다.

2주간의 인수인계가 끝나고 본격적으로 은근한 갈굼을 당했다. 자신의 실수를 너무 많이 알아버린 게 마음에 들지 않았던 걸까. 시키지도 않은 일을 왜 안 했냐 묻기도 하고 본인 일을 떠넘기기도 했다. 일을 제대로 알려주지 않아서 했던 일을 처음부터 다시 해야 할 때도 했다. 두세 시간 동안 열심히 완료한 업무를 처음부터 다시 해야 했다. 본인을 찾는 전화가 와서 전화를 돌려주었더니 나보고 거래처랑 통화하기 싫으냐고 묻는다. 본인 업무 관련 연락인데 내가 통화를 해야 하나? 매달 정기적으로 신고해야 했던 게 있는데 그것도 잘못 알려주어 실수할 뻔했다. 실수하면 과태료가 어마어마하게 나오는 일이었다. 끝이 보이지 않았다. 무한 반복이었다. 이제 참을 수 없다. 일을 배워야 해서 참았지만 이제 알려줄 것 같지도 않고 당하고 있지만은 않기로 했다.

그의 성씨는 정, 직급은 대리, 정대리다, 나의 건너 편이 그의 자리다. 할 말이 있으면 앉아서 해도 되는데 굳이 나에게 다가와 얼굴을 맞대고 얘기한다. 어김없이 그날도 정대리는 자리에서 천천히 일어나 내 자리로 걸어온다. 노란색 파일철과 함께. 파티션 위에 왼팔을 걸치고 오른손으로 파일을 펼쳐 건네며 앞으로 이 업무 맡아서 하는 게 어떠냐고 묻는다. 본인이 해야 할 일을 귀찮아서 넘기는 게 분명했다. 올려다보며 파일철을 대리 쪽으로 밀었다. "아니에요, 괜찮아요" 간단하고 명료했다. 당연히 할 줄 알았는데 다시 넘기니 얼굴에는 황당과 당황이 공존했다. 포기하고 제자리로 돌아가는 뒷모습을 보니 입꼬리가 저절로 올라갔다. 유치하지만 행복했다.

카톡이란 감옥

감옥에 갇혀 버렸다. 출근 전, 퇴근 후, 공휴일, 주말 상관없이 대표님은 단체 채팅방에 글을 올리신다. 업무 연락 및 본인의 감정이나 삶은 어떠한가, 자신의 개인적인 일에 대한 글 등, 대표님이 올린 자작 글에 답변을 다는 직원은 아무도 없다. 왜 올리시는 걸까?

이해해보려 노력했다. 역시나 나는 이해할 수 없는 범주다. 사건의 발단은 금요일 7시였다. 어김없이 업무 관련 연락을 올리셨다. 오늘 꼭 알아야 하는 업무는 아니었다. 다음 주 월요일에 얘기해도 충분히 처리할 수 있는 일이었다. 너무 화가 났다. 업무 관련해서는 퇴근 전에 다 답변드렸었다고 말씀드린 후 근무시간 외에는 카톡 자제 부탁드린다는 글을 올렸다. 그날은 고요했다.

토요일 아침 6시 단체 채팅방에 누군가 글을 올렸다. 누군지는 단번에 예상되었다. 이사님이다. 분노가 느껴지는 글이었다. 잠이 확 달아났다. 나도 읽고 분노가 치밀었다. 퇴사 의욕이 불타올랐다. 내용은 이와 같다. 왕짜증, 실망, 우리의 모든 업무는 24시간 돌아가는 일이고, 일은 잘하지만, 인간미가 없고, 일은 못 해도 사람다운 사람과 일을 하고 싶고, 세상이 바뀌었다고 하지만, 상전 같은 직원이고, 같이 일하는 게 끔찍하고, 애사심 있는 사람과 일하고 싶고, 화가 치밀어 오르고 마무리는 아침 일찍 글을 올려 미안하다. 역지사지의 마음을 가집시다. 이렇게 끝이 났다. 웃음이 났다. 가끔 한 명을 찍어 비방글을 올리시는 경우가 있다. 어떻게 반응을 해야 할까 고민에 고민을 거듭했다. 모두가 있는 채팅방이었기 때문에 더 신중하게 써야 했다. 결국, 단체 채팅 자제에 대한 글을 올린 것은 사과드렸다. 과연 누가 상전인가 당연히 하지 말아야 할 것을 자제 부탁씩이나 드린 사람이 어떻게 상전이 되는 걸까. 사이다로 끝났으면 좋았겠지만, 이번엔 그러지 못했다.

대표님 정치인을 하세요

뉴스가 싫어지려고 한다. 사건만 터지면 대표님은
회사에서 그 주제로 대화를 건넨다. 점심시간이 싫다. 밥
먹으면서도 업무지시, 뉴스 얘기를 한다. 반대 의견이라
도 얘기하면 그건 아니라며 손사래를 치신다. 뉴스 메인
을 화려하게 장식한 중범죄를 저지른 정치인도 옹호한
다. 그걸 또 다른 협력사 대표님들이 소속되어있는 단체
채팅방에 올린다. 몇 분은 그 글을 보자마자 채팅방을
나가버리셨다. 나도 포함이다. 자신이 존경하는 사람이
라며 처음 만나 악수했던 날을 회상한다. 손님들이 오셔
도 그러셔서 직원들은 여간 곤란한 게 아니다. 낯부끄럽
다. 그래 옹호하고 싶으면 하는 거다. '마음속으로'

물론 좋았던 기억도 있지

너무 화났던 일들만 가득 써서 민망한 기분이 든다. 일하면서 좋았던 기억을 얘기하겠다. 회식으로 레스토랑에서 스테이크와 와인을 먹은 적이 있다. 좋았던 기억은 이것뿐이다.

회사에 좋은 사람이 없는 이유

왜일까? 항상 생각한다. 20대의 대부분을 직장인으로 보냈다. 좋은 사람을 만난 기억이 거의 없다. 딱 한 번 2주간 같이 일했던 친구, 지금도 가장 좋아하는 사람 중 한 명이다. 로또 맞을 확률로 좋은 사람을 만날 수 있다. 왜 직장에 좋은 사람이 없는지 이유는 정확히 모르겠으나 추측 한 번 해본다.

1. 공부만 하고 자라서 사회성이 부족하다.
2. 내가 더 높은 자리로 올라가려면 누군가를 짓밟아야 해서.
3. 오냐오냐 자랐다. 그래서 지밖에 모른다.
4. 다들 좋은 사람이었으나 일이 힘들어 나쁜 사람이 되

었다.

5. 회사가 경쟁을 부추겨서 싸우게 만든다.

6. 월급이 적어서 항상 화가 나 있다.

7. 편하게 일하려면 성격이 더러워야 한다.

8. 싸가지 없는 직원에게 데여서

9. 괴롭히는 게 재밌어서

10. 그냥 또라이다

11. 그냥 꼰대다

12. 소시오패스다.

13. 사이코패스다.

14. 어디선가 봤는데 높은 직급으로 갈수록 사이코패스의 성향이 강해진다고 했다.

15. 누군가를 싫어하면 그 사람을 닮아간다.

공감하시나요?

백수의 기분

나이대별로 백수였던 기간이 있다. 그 시절 느꼈던 감정들이다.

20대 초반 백수, 백수 기간이 꽤 길었다. 집에서 빈둥빈둥 식량만 축냈다. 엄마는 집에만 있지 말고 어디든 나가라고 하셨다. 일하기 싫다. 하고 싶은 것도 없다. 미래에 대한 걱정도 없었고 취업도 어렵지 않다고 생각한다.

20대 중반 백수, 이 시기는 마냥 좋다. 미래에 대한 걱정도 딱히 없고 언제든 취업이 가능할 거라 믿는다. 여행도 다니고 재충전한다. 뭐든 다 잘 될 것으로 생각한다.

20대 후반 백수, 이제 좀 퇴사하기가 무섭다. 나이가 걸린다. 미래에 대한 걱정과 불안이 생긴다. 버티는 직장인이 되기로 한다.

금요일 밤의 기분

이날을 얼마나 기다렸는지 모른다. 매일매일 오늘이 무슨 요일이고 하루의 얼마가 지나갔는지 헤아린다. 시계가 오후 6시를 가리키면 벌떡 일어나 인사하고 퇴근한다. 6시 6분 지하철을 타야 하므로 서둘러 나간다. 건물 밖으로 나가는 순간 입꼬리가 올라간다. 그날따라 구름이 청아하고 맑다. 숨을 크게 한번 들이마셔 준다. 상쾌하다. 퇴근하는 순간만큼은 비가 와도 눈이 와도 우박이 떨어져도 천둥, 번개가 쳐도 웃음이 난다. 이게 출소하는 기분과 비슷하지 않을까? 왜 그렇게 웃음이 나는지 모르겠다.

오늘은 금요일이다. 일찍 자면 손해 보는 기분이다. 딱히 할 것도 없으면서 늦은 밤까지 버틴다. 하는 거라

곤 인별그램, 예능프로 시청 등 특별히 재미난 것도 아니다. 그런데도 버틴다. 내일은 늦게 일어나도 되기 때문이다. 토요일이 되기 전, 주말 목표를 하나 정한다. 책을 1권 꼭 읽어야지, 운동해야지, 공부해야지 하지만 항상 실패한다. 주말에 그럴 시간이 없다. 놀아야 한다. 그렇게 일요일이 된다. 점심쯤부터 찜찜하다. 이제 곧 출근 시간이 다가온다. 내일 해야 할 업무가 잠시 스쳐 지나간다. 보기 싫은 상사의 얼굴도 스쳐 지나간다. 쉬는 날은 왜 이렇게 짧을까? 주 4일 근무는 언제 되는 걸까? 월, 화, 수, 목, 금, 퇼. 너무 짧다. 가끔 회사가 망하길 기도한다.

퇴사하지 못하는 이유

올해로 서른 살이 되었다. 100세 시대라는데 내 나이가 무언가를 새로 시작하기에 너무 늦은 나이처럼 느껴지는 이유는 뭘까? 20대 때는 하면 다 되는 줄 알았다. 다 이뤄낼 수 있을 것만 같았다. 미디어에선 성공한 사람들이 나와 "도전하세요! 하고 싶은 거 하며 살아요, 하면됩니다" 등 희망적인 말을 마구 해댔다. 그래서 믿었다. 자기계발서를 몇 개나 읽었는지 모르겠다. 그렇게 서른이 되었다. 변한 것은 직장 생활로 인해 성격이 더 더러워진 것뿐이다. 희망은 잔인하다.

평범한 '나'로 맞이한 서른, 어릴 적 상상했던 나의 모습이 아니었다. 대단한 사람이 되어있을 줄 알았는데 사실 대단한 노력도 해본 적 없지만 새로운 도전을 해보고 싶은데 무엇을 해야 할지도 모르겠거니와 망설여진다. 겁이 난다. 늘 상상한다. 당당하게 사직서를 제출하고 원하는 일을 찾아 떠나는 것이다. 현실은 녹록지 않았다.

퇴사할 수 없는 이유 하나, 서른이 되어버렸다. 쉽게 그만둘 수 없는 나이다. 면접을 보러 가면 아직도 결혼 여부를 묻고 그것을 중요하게 생각한다. 잘 다니다 1년 뒤에 결혼한다고 그만두면 곤란하다고 한다. 억울하다. 결혼을 한 것도 아니고 하겠다고 한 적 없다. 결혼하고 그만둘지는 또 어떻게 아는가. 이 회사와 맞지 않아서 그만둘 수도 있고 직종을 바꿀 수도 있고 퇴사의 이유에는 여러 가지가 있는데 말이다. 그래서 버티기로 했다. 회사가 망하기 전까진 나가지 않겠다는 다짐을 했다.

이유 둘, 한창 욜로가 유행했던 시절이 있었다. 욜로란 현재 자신의 행복을 가장 중시하고 소비하는 태도이다. 이 단어가 그렇게 멋지고 자유로워 보이지 않을 수

없었다. 인생 뭐 있나? 아끼다 똥 된다. 젊을 때 놀아야
지. 사고 싶고, 하고 싶은 건 해야지. 주변에 욜로 친구가
있어 더 든든했다. 서로 인생 뭐 있냐는 말을 자주 주고
받았다. 그리고 서른, 주변 친구들은 어느 정도 돈을 모
았고 재테크도 열심히했다. 자기 인생을 열심히 살고 발
전하는 친구들을 보면 난 뒤처지고 있는 것처럼 느껴졌
다. 깨달았다. 앞으로는 다르게 살아야 한다.

　이유 셋, 집에 프린터가 없다. 회사에는 프린터가 있
다.

치유

폭식으로 마음을 달랬었다. 주로 집에서 혼자 배달을 시켜 먹었는데 저녁에 뭐 먹을지 고민하는 게 좋았다. 이것저것 맛보는 게 좋아 여러 개를 시키기도 했다. 먹는 순간만큼은 너무 즐거웠다. 다 먹고 난 뒤에는 허탈했다. 이게 뭐 하는 거지? 하는 마음과 함께 우울감이 들었다. 배달음식을 먹고 나면 남는 게 없는 것처럼 느껴졌다. 살찐 내 모습이 보기 싫었고 어김없이 배가 아팠다. 매일 반복이었다. 배달 앱의 VIP가 되어버렸다. 사실은 노예였다.

스트레스를 해소하는 방법을 몰랐다. 내가 좋아하고 즐거워하는 게 무엇인지 몰랐던 거다. 게다가 코로나

까지 시작되어 집에 혼자 있는 시간이 많아졌다. 외로움
과 우울의 절정이었던 기간이다.

이대로는 안 되겠다 싶어 심리 상담센터를 찾아가
기로 했다. 인터넷을 검색해보니 생각보다 많은 센터가
나왔다. 예약을 하고 1주일 뒤 가기로 했다. 가기 전까지
도 갈까 말까를 망설였다. 첫 상담을 받았던 날, 그곳의
분위기 때문이었을까 나만의 얘기를 오롯이 들어주는
사람이 있다는 생각 때문이었을까 눈물이 흘렀다. 많이
힘들었구나. 내 앞에 있는 분이 모르는 사람이라는 점이
나를 솔직하게 만들었다. 그렇게 시원하게 울고 웃었다.
50분이라는 시간이 10분처럼 느껴질 정도로 재미있었
다. 상담이 끝나고 집으로 돌아가는 길까지도 희망찼지
만, 어김없이 혼자만의 시간이 찾아오면 힘들어졌다. 세
상에서 난 혼자였다. 그 뒤로 상담센터를 다니면서 조금
씩 우울함이 줄었다. 그때 연애를 시작했는데 많은 변화
가 일어났다. 웃을 일이 생겼고 안정감을 찾았다. 사람으
로 치유되었다.

내 얘기를 들어주는 사람이 생기니 상담센터도 자연스레 멀어졌다. 안정을 찾으니 하고 싶었던 것도 하기로 했다. 평소 글을 자주 쓰지는 않았지만 글 쓰는 사람이 되고 싶어 모임을 검색하던 중 쓰는 하루를 발견했다. 소규모로 모여 작가님과 가볍게 글을 쓰는 수업이었다. 할까 말까 오래 고민하면 못하게 될 것만 같아서 보자마자 바로 신청해버렸다. 난 뭔가를 신청하면 항상 갈까 말까 고민하는 사람인가보다 역시나 신청했지만 고민했다. 막상 수업을 듣고 나니 괜한 고민을 했었다는 생각이 들었다. 하고 싶은 걸 할 때는 강한 엔돌핀이 나오는 게 아닐까? 이렇게 재미있다니 하고 싶은 일을 하며 살수도 있겠다는 생각이 들었다. 회사를 그만두면 생계는 어려우니 일을 하면서 하고 싶은 걸 하기로 했다. 나의 스트레스 치유 방법, 하고 싶은 거 하기

나에게 로또란?

소망의 돌 같은 존재라고나 할까. 분명 회차마다 당첨자가 나오고 있다는데 나는 언제쯤 될까?

매주 월요일에 복권을 산다. 가게 밖 현수막에는 로또 명당, 1등 당첨된 곳이며 2등 당첨은 수두룩하다고 적혀있다. "자동 오천 원이요"를 외치며 지폐를 건넨다. 사장님은 당첨되시길 바란다며 복권을 건넨다. 그러나 사장님의 바람과 달리 항상 나의 복권은 번호 3개도 맞추지 못한 꽝이 되고 만다. 언젠가 되겠지 하는 마음으로 고이 접어 가방 깊숙이 집어넣는다. 상사와 트러블이 있을 때마다 가방을 열어 로또를 바라본다. 버틸 힘이 생긴다. 로또는 나에게 희망이자 고문이다.

힘들지만

힘들다. 일을 시작하며 성격이 많이 변했다. 친구들도 놀랄 정도다. 사납다. 다들 이렇게 되는 걸까? 변해버린 내가 싫었지만 변하지 않는 사람은 없을 거라며 자신을 위로했다. 삶이 점점 건조해지는 걸 느낀다. 누군가 말했다. 삶은 원래 고통이라고 고통의 삶 속에서 소소한 행복을 찾으면 그건 나름 성공한 인생이라고 했다. 학생 때는 어른이 되고 싶었었는데 어른이 되어보니 생각보다 즐거운 일도 웃을 일도 많지 않다. 내 뜻대로 되는 일마저도 거의 없다. 고통이 맞다. 그런데도 잘 살아가야 하므로 생각을 바꾸기로 했다. 위기의 순간마다 보기 위해 글을 썼다. 제목은 '시작은 언제나 두려워'

시작은 언제나 두려워

언제부터일까? 두려워하는 걸까?
귀찮은 걸까? 둘 다일까?

꿈이 있었다.
주변의 시선이 두려웠다.
네가 그걸 하겠다고?

꿈이 크다고 생각할 것 같았다.
그래서 시작하지 않았다.

꿈을 이루지 못할 것 같았다.
그래서 시작하지 않았다.

꿈을 이루는 방법을 모른다.
그래서 시작하지 않았다.

나는 특별한 존재라 생각했다.
지구는 우주에 있는 수많은 점 중 하나이고
나는 77억 인구 중 한 명일 뿐이다.
특별하지 않다.

신기하게도 특별하지 않다고 생각하니
겁나지 않았다.

넘어지면 일어나면 되고,
실패하면 다시 하거나 하지 않아도 된다.

시작이 두려웠던 나.
하고 싶은 거 하면서 살기로 했다.

하고 싶은 걸 할 때
강한 엔돌핀이 나오는 게 아닐까?
이렇게 재미있다니 하고 싶은 일을 하며
살 수도 있겠다는 생각이 들었다.

아메리

내 마음과 타인의 마음에 대해 깊이 알아가는 일에 푹 빠져 지내다 마음 바깥으로 시선을 돌려 한 해가 넘는 긴 여행을 떠났다. 세상의 수많은 바다와 숲, 전에 본 적 없던 초원과 사막, 쏟아지던 별과 산호를 마음 안에 담고 돌아왔다. 지금은 다시 심리상담사로 돌아와 사람들 마음 가까이에 귀를 기울이며 살고 있다. 전과 같은 모습으로, 하지만 조금은 더 감사한 마음으로.

「매일 유서를 쓰며 살아가요」

프롤로그

당신은 살아가는 동안에 죽음에 대해서 얼마나 자주 떠올리나요? 누군가와 죽음에 관해서 이야기해 본 적이 있나요? 나이가 몇이든 죽음과 상관없는 사람이 있을까요? 그런데도 왜 우리는 이 삶의 끝에 대해서 생각하고, 말하며 살지 않는 걸까요?

당신이 빠듯한 시간을 내어 여행을 떠났다고 생각해봅시다. 여행을 시작할 때부터 끝이 나는 순간이 아쉽고, 여행 내내 너무 빨리 흘러가는 시간이 야속하지 않나요? 참 진부한 비유이긴 한데, 이 삶이 여행이라고 생각해봐요. 이 여행은 반드시 끝이 납니다. 지금 당장, 그리고 누구도 아닌 당신 자신에게 의미 있는 여행을 꾸려 나갑시다.

제가 떠올린 죽음들은 늘 삶의 힌트가 되었습니다. 당신과 나의 더 좋은 여행을 위해서 그 끝에 대해 생각하고 나누고 싶습니다.

사람이 사랑 없이도 살 수 있나요?

저에겐 죽음에 대해 너무 자주 떠오르던 시기가 있었습니다. 제 자신의 죽음이라기보다 사랑하는 사람들의 죽음에 대해서요. 몇 년에 걸쳐서 반복적으로 나타났다가 사라지던 제 공상을 소개하며, 죽음에 관한 이야기들을 나눠보고 싶습니다.

남편과 연애를 시작하던 무렵, 기억에 남는 꿈을 꿨어요. 꿈은 남자친구가 죽었다는 소식을 들은 순간부터 시작됩니다. 전혀 실감이 나질 않았는데, 남자친구의 페이스북에 들어가 보니 "나는 먼저 가네ㅋ"라는 글이 올라와 있더군요. 어떻게 사람이 이렇게 허망하게 가는 것이며, 마지막까지 이렇게 단순하고도 명랑한 글을 남길 수 있나 황당해하며 저는 길을 걷기 시작합니다. 길을 걷다가 문득 생각합니다. '이제 도서관에 가도, 연구실에 가도, 그의 집에 가도 그 사람이 없겠네. 어디에 가도 그 사람을 만날 방법이 없네⋯' 그 순간 단단했던 땅이 푹푹 꺼져 들어가며 다리가 꺾입니다. 눈물을 머금은 채 잠에서 깨어났어요. 제가 처음 너무 가까운 누군가 죽는다는 게 무엇인지 체감했던 순간입니다. 나에게 생생하고도 강렬한 감정들이 듬뿍 담겨있던 그 관계와 소중한 사람이 연기처럼 사라진다는 게 이런 거구나.

다음 날, 학생식당에서 남자친구와 밥을 먹으며 꿈 이야기합니다. "내가 어제 엄청 생생하고 이상한 꿈을 꿨는데!" 하며 발랄하게 시작한 얘기였는데, 이야기 끝엔 눈이 새빨개지고 코가 꽉 막힙니다. 주책입니다. 남자친구는 왜 살아있는 사람을 죽이냐며 낄낄 웃었지요.

이후부터 아주 자주 죽음과 관련한 공상이 떠오르기 시작했어요. 그가 약속에 조금 늦어질 때, 오랜 시간 연락이 되지 않을 때 늘 무서운 시나리오가 머릿속에서 재생되곤 했지요.

'요즘은 젊은 사람들도 과로사가 많다던데, 어디서

쓰러진 거 아니야? '

'빗 길에 운전하다가 사고라도 난 건가? '

생각해보니 그즈음 누군가의 죽음에 대해서 노심초사하는 건 비단 남자친구와 관련한 것만은 아니었습니다. 당시엔 50대 후반이었던 부모님을 보면서도 혹시나 어느 날 갑자기 돌아가시거나 심하게 아프시지는 않을까 하는 걱정을 자주 했었거든요. 누군가에게 이런 이야기를 하자 한번은 "부모님, 어디 안 좋으셔? "라는 얘기를 듣기도 했죠. 아니라는 내 대답에 상대방은 의아하다는 표정을 짓기도 했고요.

우리가 느끼는 감정들은 현실적이지만은 않습니다. 머릿속에서 스스로 만들어낸 공상으로도 강렬한 감정을 느끼기도 하지요. 만약 제가 공상으로 인한 불안에 반응하기 시작했다면 사는 게 참 불편해졌을 거예요. 가령, 너무 걱정되고 불안하여 내 일에 전혀 집중할 수 없다거나 남자친구에게 매사 걱정하는 말을 쏟아낸다면 말이에요. 저는 그 불안과 공상들을 무심히 흘려보내려 하면서 때때로 가만히 들여다보았습니다. 공상과 꿈은 자신이 의식하지 못하던 깊은 내면을 보여주는 좋은 실마리가 되기 때문입니다. 그리고 당시 제가 받고 있던 심리 상담에서 이 주제에 대해 나누기 시작했습니다.

저의 상담 선생님은 내 상상들과 꿈 얘기를 들으시 곤 물으셨죠.

"정말로 죽으면요? 아메리씨는 어떨 것 같아요? "

"뭐, 살긴 살겠죠." 잠시 침묵하다 문득 꿈속 장면이 떠올라 덧붙였어요.

"그런데… 내 삶에서 너무 중요한 무언가가, 결코 다른 것으로 채울 수 없는 무언가가 빠져서 되돌릴 수 없는 채로 살아갈 것 같아요. 너덜너덜하게."

"정말, 그럴까요? 꼭 그렇기만 할까요? "

문득 떠올려 본 사랑하는 사람이 사라진 내 삶은 폐 허 같았습니다. 그러나 그 날 이후로, 꼭 그렇지만은 않 겠다는 것, 그리고 그래서는 안 된다는 걸 서서히 알아 갔습니다.

'무엇이든 혼자 알아서 잘해내야 한다' 는 생각이 강했던 그 시절의 나는, 마음을 기댈 수 있는 관계가 너무 소중하면서도 두려웠습니다. 꿈속의 나를 들여다보면서 서서히 깨달아갔어요. 겉으론 어른스러운 척, 혼자서 잘하는 척해도 속으로는 기댈 사람 하나 없는 내 삶을 얼마나 무서워하고 있는지를요. 혼자선 척척 잘 해낼 수 없고, 참 외롭고 무서운 아이 같은 마음들을 그때는 제대로 껴안아 주기가 어려웠습니다. 그래서 뜬금없는 꿈이나 공상이 나타나 내 마음에 힌트를 준 게 아닐까 생각해요. '이것 봐, 너 혼자 씩씩한 척해도 사실 엄청 외롭겠지? 너무 두렵지? 인정해~'하면서요. 이 시기의 죽음에 대한 공상들은 의존하고 싶은 사람이 생기는 것에 대한, 동시에 마음 놓고 의지하다 상실했을 때 내가 감당할 수 없을 것 같은 어린아이 같은 불안을 마주하게 했습니다.

'꿈은 그 사람이 받아들일 수 있는 만큼의 무의식을 비추어 준다'는 말이 있습니다. 그러니, 그 무렵엔 이미 제가 누군가에게 마음을 기댈 수 있는 힘과 동시에 혼자 씩씩하게 살아낼 수 있는 힘이 단단하게 자라나고 있었던 게 아닐까요. 하지만 뜬금없는 공상들과 불안이 바로 사라지진 않았어요. 남자친구가 남편이 되고, 조금씩 더 소중하고 중요한 사람이 되면서 잃을까 두려운 마음이 더 강해지기도 했지요. 그래서 때론 소중할수록 잃는게 더 강하게 두려워진다면 차라리 별 것 없는 삶이 속편할까 싶은 생각도 들곤 해요. 소중한 것을 껴안고 살아가는 삶엔 사실 굉장한 용기와 힘이 필요한 셈입니다. 우리는 늘 예상하지 못한 상실들을 겪을 수 있으니까요.

그래도 지금은 의지하고 싶을 때 푹 의지하고, 마음껏 사랑하면서 살아가고 있습니다. 뜬금없이 떠오르는 죽음과 불안을 껴안고서요. 그 계기가 되었던 순간이 있었는데요. 오랜 기간 받았던 심리상담이 끝나던 날이었습니다. 상담 선생님과 영영 보지 못하는 건 아니었지만, 작별의 감정이 참 힘들더군요. 갑작스러운 종결도 아니었고, 제가 원한다면 언제든 선생님을 뵐 수도 있었지만, 아주 슬프고 아쉬웠죠. 자연스러운 감정들인데, 그 감정들을 드러내고 싶지 않아 눈물을 꾸역꾸역 참았어요. 작별을 맞이하는 순간이 참 두려웠습니다. 선생님께서 그런 저에게 말씀하셨어요.

"헤어지지 않는 관계가 어디 있겠어요. 누구와 언제

든 우리는 늘 헤어질 수 있지요. 당장 내일이라도 말이에요. 그러니, 이 순간에 충분히 잘 만나야 해요."

저는 울었고, 처음으로 제대로 작별할 수 있었습니다. 그 순간에 우리가 해야 하는 것이 작별의 감정을 충분히 나누는 것이었으니까요.

누구와도 죽음에 관해 이야기 나누지 못해서, 죽음을 입에 담기 두려워서 혼자서 안고 있던 공상들은 내게 중요한 삶의 힌트를 주었어요. 남들은 잘 하지 않는 것 같은 생각을 나만 하는 게 아닐까 이상하기도 했지만, 지금은 오히려 감사하게 느껴요. 뜬금없이 죽음이 떠오를 때마다 나는 또 삶을 생각하게 되니까요.

언제, 어느 때든 누군가와 작별할 수 있다는 생각은 여전히 두렵습니다. 하지만 그렇기에, 나는 지금 우리가 해야 하는 것이 무엇인가를 자주 생각합니다. 저는 상실이 두려워 내가 사랑하는 사람들과 늘 좋은 말만 하고, 적당히 좋은 관계만 맺으며 살고 싶진 않아요. 때론 서로의 민낯을 내보이며 갈등하는 일이 있더라도 진심으로 소통하고 이해하는 일을 해나가고 싶어요. 그게 참

품이 많이 드는 일이라 쉽지만은 않겠지만요. 그리고 소중한 사람이 많이 생겨서 더없이 아픈 상실을 많이 겪게 되더라도 모든 인연을 귀하게 여길 거에요. 이런 결심들이 나를 기꺼이 불안에 맞서게 합니다. 이런 결심들이 방금까지도 악당처럼 굴며 부부싸움을 하다가도 뒤돌아서서 화해하게 만듭니다.

따지고 보면, 언제나 반반

저는 남편과 1년이 조금 넘는 긴 여행을 다녀왔습니다. 여행을 좋아하기는 했지만, '세계여행'은 이름만으로도 너무 거대한 느낌이라 내가 할 수 있는 일은 아니라고 생각했습니다. 당시엔 남자친구였던 남편이 어느 날부터 출근길마다 세계여행 관련 기사를 카톡으로 보내기 시작했는데요. 그때까지만 해도 솔직히 완전히 남의, 남의 일이라 보내준 링크를 읽지도 않았어요. 그러다 그가 '세계여행 최저 예산'이라는 블로그 포스팅을 보내오기 시작할 때쯤 깨달았습니다. 이 사람, 진심이구나!

내가 '결혼을 꼭 해야 할까. 결혼을 안 한다면 이 사람과 계속 만나야 할까?'하는 중대한 고민을 하는 동안 그는 '어떻게 하면 같이 세계여행을 가지?' 하고 궁리를 시작했던 겁니다. 그해에 우리는 헤어지느냐, 마느냐 하는 숱한 전쟁에도 결국 살아남았고, 2017년 겨울에 막걸리 한 사발 하다 '세계여행을 전제로 한 결혼'이라는 극적 타결을 이루었습니다. 결혼도, 세계여행도 살면서 한 번쯤 해보고 싶은 일이었는데, 고민을 아무리 해봐도 이 사람과 하고 싶더라고요. 그리고 되돌아보면, 세계여행이라는 부담스러운 걸 하겠다고 덥석 나선 건 생각보다는 모을 수 있겠다 싶은 예산 덕분이었습니다. 하지만 다른 직업에 비해 긴 공부와 훈련 기간으로 인해 모아놓은 돈이 거의 없던 우리는 월급 대부분을 저축했어요. 한동안 옷 한 벌, 커피 한 잔, 외식 한 번을 참고 참았습니다.

무탈하게 적은 돈이나마 차곡차곡 모여가고, 예정한 퇴사일도 성큼성큼 다가왔습니다. 분명 잘 준비되고 있는데, 이상하게도 저는 자주 악몽을 꾸기 시작했어요. 어떤 밤엔 아프리카 어느 도시에서 강도를 만나고, 어떤 날은 유럽 어딘가에서 길을 잃고, 소매치기를 만나죠. 여행에 대한 부푼 꿈을 안고 뭉게뭉게 떠다녀야 할 것 같은 날들 속에서, 나는 길을 잃고 총 든 강도를 만날 것 같은 불안들에 짓눌려있었어요. 분명 예전에는 혼자 배낭여행도 잘 다녔는데, 남편과 함께 떠나면서도 왜 그리 겁이 나던지요. 내가 아무리 안전을 최우선으로 기하고, 조심 또 조심해도 예측할 수 없는 일로 생명에 지장이 생기는 게 두려웠어요. 도난을 당하거나 살짝 다치는 것도 괜찮으니 살려만 달라는 심정이 들었죠.

그런데 저는 단순히 실제 '죽음'에 대한 불안만을 느끼고 있지는 않더라고요. 내 마음 깊숙한 곳을 들여다봅니다. 그 속엔 죽을까 두려운 마음만큼이나 많은 사람이 걸어가고 있는 탄탄한 궤도를 스스로 이탈하는 데서 비롯된 불안이 있었습니다. 얼마 안 되는 돈이어도 꼬박꼬박 주어지는 월급과 대체로 좋은 동료들이 있는 회사, 특별히 더 과중해지지는 않을 내 업무들, 부지런히 쌓아 올리고 있는 내 경력들…. 지금 되돌아보면 한 손으로 움켜쥐고도 남을 작은 것들인데 그때는 온몸으로 껴안고 바들바들 떨었지요.

'다녀와서 직장을 못 구하면 어쩌지?'

'다들 앞으로 전진, 또 전진 외치느라 바쁜데, 나만

터무니없는 짓을 하려는 건 아닌가?'

'벌 수 있을 때 한 푼이라도 더 벌라던데 우리는 겨우 모은 걸 탁탁 털 생각부터 하고!'

같이 사고 칠 짝꿍이 해맑은 얼굴로 세계지도에 가고 싶은 나라 스티커를 붙이는 동안, 저는 가야 할까, 가도 되나를 오가며 꽤 오랜 시간 안절부절못했습니다.

그러다, 대장님을 만났습니다. 산악인 엄홍길 대장님이요! 한 TV 프로그램에 출연한 그의 이야기를 통해 산악인의 삶에 대해서 처음 생각해보게 되었습니다. 그는 숱한 등반을 하는 동안 동료를 10명이나 잃었다고 합니다. 자신과 같은 일을 하는 가까운 동료를 열 명이나 잃고서도 다시 산에 오를 때 어떤 기분이 들까요. 매번 산에 오를 때마다 '이번엔 살아 돌아올 수 있을까' 하는 비장한 마음으로 오르지 않을까요. 그에게 산은 무엇이었을까요. 대체 무엇이기에 살거나, 죽거나의 확률이 반밖에 안 되는 산을 오르고, 또 올랐을까요. 그러던 그에게도 어느 날 올 것이 왔습니다. 시간 안에 등반하지 못해 해발 8,200m의 히말라야 빙벽에 겨우 걸터앉은 채로 밤을 맞이한 거지요. 어마어마한 추위와 고산병, 생과 사의 갈림길에 선 그는 환각에 시달리며 마음으로 가족들에게 유언을 씁니다.

"얘들아. 너희가 커 가면서 얼마나 많은 어려움이 있겠느냐. 그럴 때마다 아빠가 원망스럽겠지만 부디 용서해다오. 언젠가 오랜 시간이 지난 뒤에 아빠의 도전을 이해할 날이 있을 것이다"

그는 마음으로 유언을 쓴 이후 모든 두려움이 사라지고 마음이 편해졌다 합니다. 그의 말을 한참 쓰다듬어 봅니다. 곧 죽을 것 같은 순간에 자식들에게 남기는 말이 '너네도 내 삶을 언젠가는 이해할 거야'라니. 대장님의 가족들은 어떨지 모르겠어요. 자기 열정에 사로잡혀 가족들 마음은 몰라준다고 원망스러워할 지도요. 저에겐 그의 말이 한 인간이 흔들림 없이 자기 삶을 살았을 때, 죽음 앞에서 할 수 있는 말이라고 여겨졌습니다. 자신의 생에 대한 어떤 미련도, 한 치의 흔들림도 없는 말이요.

그가 걸터앉았던 빙벽에 저도 한번 앉아보는데요. 문득 떠오르는 장면이란 참 볼품없습니다. 정신이 반쯤

나간 나는 눈물 콧물이 범벅된 얼굴로 빌고 또 빕니다.

"오마이갓… 살려주세요. 살려만 주세요. 살려만 주신다면 산 같은 거 안타고 착하게 살게요. 진짜로요. 저 한 번만 믿어보세요. 엉엉…."

나는 대장님처럼 죽음을 앞두고도 흔들림 없이 '그래도, 잘 살다 가네' 할 수는 없을 것 같았어요. '아직 젊으니 당연한 거 아닌가?' 했다가 좀 더 산다고 내가 다를 수 있을까 싶더라고요.

사실, 그해에 저는 네 번의 장례식을 참석했습니다. 모두, 정말 갑작스러운 죽음이었습니다. 고인들은 저에게 가까운 사람들의 사랑하는 가족 혹은 애인이었죠. 정확하게 예고된 죽음이 어디 있겠냐마는 너무도 갑작스러운 상실을 반복해서 보니 정신적으로 불안정해지더군요. 그 와중에 더없이 불안정한 세계여행을 떠나려니, 당연히 마음은 매일 휘어지고 펴지길 반복했던 거지요. 그런 나날 중에 엄홍길 대장의 단단한 말이 나를 곧추세웠습니다.

거대한 설산을 올라타는 것과 우리 인생은 공통점

이 있어요. 따지고 보면 우리의 삶도 늘, 언제나, 항상 살 확률과 죽을 확률이 반반이에요. 살거나, 죽거나. 우리 운명도 이번엔 살아 돌아올 수 있을까 하며 산을 오르는 산악인과 그다지 다르지 않다고 하면, 너무 억지일까요? 따뜻한 방구석에 앉아 살을 에는 추위를 뚫는 산악인 되어보기란 쉽지는 않습니다만, 그의 말이 그 시기의 제게는 참 와닿는 은유로 다가왔습니다. 누구든 언제든, 당장이라도 죽을 수 있다는 명백한 사실을 받아들이니 "살려만 달라"고 눈물 콧물 뺄 게 아니라 남아있는 시간을 잘 써야겠더라고요. 그래서 이 여행은 갈 수밖에 없었어요.

얼마 안 되는 월급을 조금 더 모으지 못한 것, 별로 행복하지는 않은 직장을 떠난 것, 하루라도 더 빨리 경력을 쌓아나가지 못한 것… 분명 죽음의 빙벽에 앉아 이런 것들을 떠올리진 않을 겁니다. 하지만 사랑하는 사람의 손을 잡고 더 많이 웃고, 더 많이 춤추고, 더 많은 길을 걸어보는 일을 바쁘다고 계속 미뤄왔다는 걸 깨달으면 손이 발이 되게 빌 것 같아요. 내게 조금만 더 시간을 달라고요. 죽음을 떠올리자 명확해졌습니다. 내가 살면서 해보고 싶은 걸 몰랐으면 몰랐지, 지금 놓을 수는 없겠구나. 저는 YOLO 족으로 살기에는 너무 생각이 많은 사람입니다만, 열심히 살 땐 살더라도 내 삶에서 의미깊은 일을 할 수 있는 기회가 왔을 때, 주저하지 말자고 마음먹었습니다.

생과 사까지 떠올리며 결연하고도 비장하게 떠난 여행길답게, '어휴 이러다 진짜 인생 마감하겠는데' 하는 순간들도 제법 있었습니다. 몹시 흔들리는 비행기 안에서, 벼랑길을 미친 듯이 달리는 버스 안에서, 혹은 폭우로 건물이 무너질 것 같아 대피하는 순간에, 돌고래 투어라 해서 신청했더니만 구명조끼 하나 없는 통통배를 타고 거센 파도 위를 달려야 했을 때, 말라리아가 유행하는 지역에서 열이 스멀스멀 나기 시작할 때….

여행은 정말 '사서 고생'의 연속입니다. '죽을 거 같은' 순간에 대장님처럼 의연하고 멋지게 죽음을 맞이할 깡은 여전히 없었습니다. 그래도 손잡이를 꼭 쥐고 식은땀을 흘리면서 문득 생각합니다.

'그래도 한 번쯤 이렇게 살아봐서 다행이다'

'그래도 둘이니 좀 다행이다?!'

그러나 아직은 그리 의연하게 죽음을 생각하고 맞이할 수는 없습니다. 내게도 당연히 주어질 그 죽음의 순간 앞에서 나는 얼마나 '충분히 잘 살아왔노라.' 할 수 있을까요. 불가능한 것을 생각하는지도 모르겠어요. 여행조차도 끝이 언제일지 분명히 알고서, 그래서 뭘 하든 더 즐겁고, 더 행복하게 지내려고 매번 고민했으면서도 어떤 순간엔 지겨워하고 권태로워하며 시간을 보냈는걸요. 하물며, 인생이란 걸 죽음을 기억한다고 해서 더 충만하고 의미깊게 꾸려나갈 수 있으려나요?

저는 오늘도 가슴 한구석에 질문 하나를 품고 아주 천천히 해답을 풀어나가는 중입니다.

부질없는 새해 계획보다 유언장을

우리가 살아가고 있다는 것이

죽음 쪽에서 보면 한 걸음 한 걸음

죽어 오고 있다는 것임을 상기할 때,

사는 일은 곧 죽는 일이며,

생과 사는 결코 절연된 것이 아니다.

죽음이 언제 어디서 내 이름을 부를지라도

"네"하고 선뜻 털고 일어설 준비만은 되어 있어야 할 것이다.

– 법정스님 〈미리 쓰는 유언〉 중

유서를 써봐야겠다고 생각했습니다. 죽고 싶어서
가 아니라, 잘 살고 싶어서요. 죽음을 기억하며 살자는
다짐을 실천할 아주 단순한 방식이지요. 새로운 한 해

가 시작될 때, 거창하고도 부질없는 새해 목표를 세우기
보다 유언장을 써보자 마음먹었죠. 하지만 그 다짐 이후
에 두 번의 새해가 지났지만 단 한 번도 시도하지 못했
어요. 막연하게 두려운 마음이 있는 것 같습니다. 죽음을
미리 준비하면 일찍 찾아올 것 같은 불길함도 들고요.
이번 글을 쓰면서 비로소 시도했습니다. 저는 9월에 태
어났으니, 9월이 새해 아니겠어요?

우선은 컴퓨터에다 아무렇게나 써보기로 했습니다.
처음에는 이 유서를 쓰게 된 이유를 썼지요. '이러한 글
이 남아있는 이유는 제가 늘 죽음보단 삶을 향한 의지가
더 많았기 때문입니다.' 그리고 떠오르는 사람들에게 한
마디씩 남겨야겠다는 생각이 들자, 쓰기도 전에 코 끝이
시큰해지더라고요. 이 좋은 가을 날에 책상 앞에 앉아
혼자 훌쩍입니다. 뭐하는 짓인지 우습기도 하지만, 사뭇
진지하게 나의 가까운 사람들에게 한 마디씩 적어봅니
다. 한 친구에게 한 단락, 부모님에게 한 단락 쓰고 남편
차례가 되었습니다. 남편에게 가장 많은 말을 하고 싶을
줄 알았는데, 갑자기 정신이 멍해지더니 쓸 의욕이 사라
졌어요. 급기야 졸리기 시작합니다. 그래도 대충 써보려

시도하다 포기했습니다. 이렇게 '유서 쓰기'의 첫 번째 시도는 실패했습니다. 유서를 쓴다는 상황만 떠올려도 눈물이 날 것만 같았는데 반 페이지 쓰자마자 졸리다니요. 역시 죽음을 기억하며 생생하게 사는 건 쉽지 않은 일인가 봅니다.

첫 번째 문제는, 아무래도 감정이입이 잘 되지 않았어요. 신체 건강한 젊은 내가 곧 죽을 수 있다는 걸 상상하는 일이 아무래도 쉽지는 않더군요. 한편으론 생각하기 싫은 걸 억지로 떠올려야 해서 생긴 강력한 저항감이 있는 것도 같습니다. 두 번째 문제는, 생각보다 쓸 말이 없었어요. 유서를 쓰게 된 이유를 쓰고 나니 이미 내가 할 수 있는 말을 다 한 것 같은 기분도 들었어요. 사람들에게 한 마디씩 쓰자 생각했는데 결국에 누구에게든 비슷한 말을 하게 됩니다. '사는 동안 감사했다. 남은 삶 잘 살아가다가 언젠가 만나자.'

그래서 다른 사람들의 유서를 찾아보았어요. 처음에 보았던 글들은 '죽음을 선택하고자 하는 사람들', 즉 자살로 생을 마감한 사람들의 유서입니다. 삶의 마지막 글에서 그들은 왜 이런 선택을 하려 하는지, 삶에서 너무 힘이 들었던 것이 무엇인지 말합니다. 가장 사랑하고 고마웠던 사람이 누구이고 그에게 자신의 선택에 대해 양해를 구하기도 합니다. 반대로 누군가로 인해서 자신의 삶이 얼마나 힘들었는지 원망의 말들을 남긴 글들도 있습니다. 이번엔 '죽음을 준비하는 사람들', 그러니까 노년기에 접어든 어른들의 유언장도 읽어봅니다. 자신의 삶을 되돌아보기도 하고, 자식들에게 남기고 싶은 말들과 함께 '불필요한 생명 연장 치료는 거부하고, 장례는 어떻게 치를 것이며, 남은 재산은 누구에게 상속한다' 하는 좀 더 현실적인 내용들이 포함되어 있습니다. 이런저런 글들을 읽어보며 유서에는 결국 두 가지 맥락의 이야기가 담겨야겠다고 정리해봅니다. 하나는 스스로 내 삶을 되돌아보는 말들이고, 나머지는 누군가를 향해있는 말들입니다.

인터넷을 뒤지다 보니 생각보다 많은 사람들이 죽음에 대해서 적극적으로 고민하며 살더군요. 죽음을 생각해보거나 간접적으로 체험해 볼 수 있는 경험들이 많았어요. 그 중 눈에 띄었던 것이 영정사진 찍기입니다. 젊은 사람들을 대상으로 영정사진을 찍어주는 곳이 있다는 걸 예전에 들어본 적은 있는데요. 죽음에 대해서 좀 더 열린 태도로 생각해보면서, 결국에는 삶과 현재의 나를 되돌아보자는 취지에 많은 2030세대 청년들이 호응하였다고 합니다. 저는 이것이 많은 젊은 사람들이 퇴사를 하고 세계여행을 가는 맥락과 비슷하지 않을까 하는 생각해봅니다. 우리 청년들은 아무리 열심히, 최선을 다해서 살아도 누군가 말하는 평균적인 삶에도 미치지 못하는 현실 속에 놓여있습니다. 이러한 현실이 깊은 무력감과 좌절감을 주지만 또 반대의 극에서는 '그래서 우리는 어떻게 살아야 하는가'를 더 깊고, 치열하게 고민하게 합니다. 그래서 누군가는 긴 여행을 떠나고, 또 누군가는 죽음을 눈앞에 놓고서 삶을 고민해보는 거지요.

두서없는 자료조사를 마치고도 반 페이지 써놓은 유서에 한동안 손대지 못했습니다. 그런데, 희한하게도 그 반 페이지 속에 쓰인 말들이 찻잎 우러나듯 서서히 마음을 물들였어요. 버스 아저씨의 사정없이 거친 운전에 '이러다 큰일 나겠구먼' 하다가 문득, '그래도 나에겐 반 페이지의 유서가 있지' 하며 묘하게 안심하는 내 모습을 발견합니다. 그러다 조금씩 더 알게 되지요. 아무렇게나 적었던 그 문장들이 하고 싶은 말이구나.

"늘 내가 살고 싶은 삶이 무엇일까 고민하며 살아왔고, 이런 고민을 하며 살 수 있었던 삶에 감사하다"라는 문장을 놓고 이리저리 뜯어봅니다. 삶의 마무리 앞에서 진짜로 내가 할 것 같은 말, 맞더라고요. 죽음과 무관해 보였던 요즘의 내 일상 속엔 온통 가진 것 별로 없는 내 현실과 불안정성, 압박감만 마음 전면에 나서있는데요. 하지만 '이 삶에 감사하다'는 문장 앞에서 전면에선 희미했던 진심을 만납니다. '그랬지. 이렇게 지내고 있는 건 내가 늘 살고 싶은 삶은 무엇인지 고민하며 살아내느라 그런 거지.' 기꺼이 내 현재를 껴안아 봅니다. 마지막 남기는 글들이 구구절절하고, 거창할 필요 없다고 생각하니 '생애 첫 유서'를 완성할 수 있었어요.

결국 죽음을 생각하는 일은 삶을 생각하는 일이었습니다. 전반적인 내 삶에 대한 소감을 고민하다 보니, 힘들고 불행했던 시간보단 의미있고, 행복했던 순간들이 떠오르며 감사한 마음이 차오릅니다. 그럼에도 이 삶에서 아쉬운 건 없나 하고 되돌아보니, 지금 내 삶에서 가장 중요한 것이 무엇인지 더 뚜렷해집니다. 누구도 아닌 나 자신으로 살며, 더 많은 자연과 바람과 햇빛을 누리며 지내야겠습니다. 그리고 결국에 이러한 유서를 쓰고자 하는 마음 안에는 남아있는 사람들에 대한 감사와 애정, 당부들이 있었습니다. 그래서, 글로서 많은 말을 남길 것이 아니라 사는 동안 틈틈이 마음 나누며 살아야겠다 다짐해 봅니다.

그렇게 조금 가벼운 마음으로 2020년의 내가 쓸 수 있는 유서를 완성했습니다. 자주 써야겠다 마음먹으면서요. 다음 달쯤 다시 쓰라고 하면 또 다른 글을 쓸지도 모르겠어요. 실제로 죽음 앞에 놓여있는 때에도 과연 이렇게 쓸까 싶은 생각도 듭니다. 아직 어떻게 사는 것이 좋은가에 대해서도 알아가는 중이니 어떤 유서가 가장 좋은 글인지 잘 모르겠습니다. 그래도 유서 한 장씩 마음 안에 품은 채 살아갈 삶이 나쁘지 않습니다. 다음 쓰게 될 유서에는 또 어떤 말을 적게 될까요?

고작 사루비아 꿀 같은 게

한 남자가 한강에서 투신자살을 시도합니다. 그런데, 그만 죽지도 못하고 밤섬이란 곳에 불시착하고 말았죠. 그는 다시 죽기로(!) 마음먹고, 죽기 살기로(!) 밤섬을 빠져나가 보려 하지만 모두 실패하죠. 결국, 가장 손쉬운 방법으로 목을 매 죽으려던 순간, 배가 아픕니다. 죽을 땐 죽더라도 나오려는 똥은 싸야 하니, 엉덩이를 까고 쭈그려 앉는데요. 눈앞에 사루비아 꽃이 보입니다. 그는 싸던 똥도 잊고 정신없이 사루비아의 꿀을 쪽쪽 빨아댑니다. 그러다 눈물이 터지죠. 그는 결심합니다. "그래, 어차피 죽을 거 서두를 거 있나"

영화 〈김씨 표류기〉의 김 씨 이야기입니다. 더 이상의 설명은 생략합니다. 아무튼, 한 번쯤 꼭 보세요. 참고로 심오한 영화는 아닙니다. 시종일관 키득거리다가 무릎을 '탁' 칠 수 있어요. 영화 속 남자가 삶을 포기하려다 그 순간 살겠다고 마음먹은 건 아닙니다만, 저는 사람을 살게 하는 건 고작 사루비아 꽃의 꿀 같은 것들 덕분이라 생각해요.

저는 심리상담사입니다. 늘 누군가의 고통과 죽고 사는 문제에 대해 듣고, 생각하고, 느끼며, 함께 고민하며 살아갑니다. "힘든 얘기 맨날 듣는 거, 힘들지 않으세요?"라는 질문을 종종 받습니다. "힘들기도 한데, 좋을 때도 많아요" 하고 대답합니다. 고충을 말하자면 끝도 없겠지만, '이 직업만큼 삶을 생생하게 살게 하는 일이 있을까?' 싶을 정도로 많은 배움과 성장을 주는 일입니다.

'살겠다'라는 방향성만 있다면 자신에게 맞는 방법과 속도를 찾도록 돕는 게 우리가 하는 일입니다. 함께 고군분투하는 과정에선 진이 다 빠지지만, 격렬한 고통을 겪어내고도 다시 꽃처럼 웃는 사람들을 보면 너무 사랑스러워 마음이 발랄해지기도 하고요. 매일 일희일비

하는 직업입니다만, 확실히 어렵게 느껴지는 순간이 있습니다. '꼭 살아야 할까' 하는 의문에 거칠게 몸을 부딪치고 있는 사람들을 만날 때인데요. 한국은 OECD 국가 중 자살률이 1위입니다. 가장 가슴 아픈 1위가 아닐 수 없어요. 체감하기로도, 정말 많은 사람이 자살에 관한 생각과 충동에 힘겨워하며 상담실에 찾아옵니다.

오래전 어느 일요일 저녁, 한 통의 전화가 울립니다. 한 내담자(상담을 받는 사람)의 이름이 뜹니다. 울음이 잔뜩 묻은 목소리가 들립니다. 죽을 결심을 하고 소중하게 여기던 물건을 정리하던 중에 온 SOS입니다. 혼자 선택해버리지 않고, 저도 모르게 죽음으로 끌려들어 가지 않고 전화를 준 겁니다. 가슴이 철렁 내려앉지만, 너무 감사하고 다행인 일이지요. 우리 당장 내일이라도 보자고 그를 붙듭니다.

자살 위기에 놓여있는 사람들을 상담하는 데 있어서 실제로 자살을 실행할 가능성을 평가하는 일은 매우 중요합니다. 연구나 경험적으로 배워온 기준들에 빗대

어 세심하게 평가하고, 입원이나 보호자에게 연락하는 등 적절한 조치를 취합니다. 그를 죽음보다는 삶 쪽으로 붙들고, 또 붙들고 안간힘을 씁니다. 그러고도 혹시나? 만약에? 하는 생각이 떠오르면, 지옥 같은 불면의 밤을 겪습니다. 어떻게 몸을 뒤척여도 잠이란 게 찾아오지 않는 밤, 사방은 깜깜하고 온몸이 저리는 불안만 선명합니다. 상담자로서의 그 어떤 경험과 공부도 한 사람의 생과 사를 어떻게 할 수는 없다는 냉혹한 현실에 무력감이 밀려옵니다.

다음 날, 지옥 같은 밤을 뒤로 한 채 내담자를 만납니다. 다행히 그는 한결 가뿐해진 얼굴입니다. 무엇 때문에 죽을 수밖에 없다고 생각했는지를 찬찬히 검토합니다. 당신의 고통이 무엇이고, 어느 정도인지를, 앞으로 무엇을 해야 할지 함께 나눠가되, 고통을 해결하는 방법이 자살은 아니라고 다시 한번 더 붙듭니다. 누구도 죽어보지 않았잖아요. 죽음의 끝이 고통의 해방일지 그 누구도 알 수 없지 않습니까. 그리고 반드시 한 가지를 확인합니다. 죽겠다는 강렬한 충동 속에서도 당신이 나에게 전화를 하게 한 것, 휘청이는 고통 속에서도 삶을 붙드는 당신만의 사루비아 꿀이 뭐였냐고요.

그가 말합니다.

"왕자의 게임 완결은 봐야 될 것 같았어요"

그 드라마를 만든 사람들에게 얼마나 고맙던지요!

이 글을 읽는 당신만의 사루비아 꿀은 무엇인가
요? 지금, 이 순간 저에겐 이런 것들이 있어요. 덥지도
춥지도 습하지도 건조하지도 않은 늦여름과 가을 사이
의 이 짧고도 완벽한 9월의 토요일 오후, 밀려있던 n 일
치 설거지를 말끔하게 끝낸 후 식탁 앞에 앉습니다. 별
것 아니지만 더없이 뿌듯합니다. 개운하게 정리된 개수
대와 그 너머 창에서 보이는 나뭇가지들이 바람에 흔들
리는 모습, 나뭇잎 사이를 반짝이며 통과하는 햇빛들을
가만히 바라봅니다. 마음 놓고 외출 한 번 가기 어려운
날들이지만 조그만 창에 비치는 사소한 자연을 즐깁니
다. 어느덧 유자청을 탄산수가 아닌 뜨거운 물에 타 먹
어도 좋은 선선한 바람이 부네요. 노랗고 달콤한 유자차
한 모금이 뜨끈하고도 기분 좋게 속을 감쌉니다. 차 한
잔 마시고 오후에는 남편과 시장을 가야겠습니다. 일주

일 치 장을 좀 보고 그가 좋아하는 찹쌀 꽈배기와 아이
스크림 내가 좋아하는 떡볶이와 순대를 사먹고 돌아와
야겠어요. 아참, 날씨도 쌀쌀해지는데 군밤 장수를 만나
는 행운도 따라주기를!

하루하루의 삶은 이렇게 별것도 아니지만, 엄청 중
요한 어떤 것들로 채워져 있습니다. 이 글을 읽는 당신
께도 더 많은 사루비아 꿀이 발견되길 바랍니다.

뭘 하든 더 즐겁고,

더 행복하게 지내려고 매번 고민했으면서도

어떤 순간엔 지겨워하고 권태로워하며 시간을 보냈는걸요.

하물며, 인생이란 걸 죽음을 기억한다고 해서

더 충만하고 의미깊게 꾸려나갈 수 있으려나요?

박일

주된 관심사는 사람의 마음과 행동이다. 이에 대한 답을 찾기 위해 영화감독을 꿈꿨으나, 결국에는 심리학을 업으로 삼는 사람이 되었다. 항상 무언가에 몰입하는 덕후적인 성향을 지니고 있으며, 행복해지기 위한 새로운 도전을 주저하지 않는다.

「당신에게 덕질을 권합니다」

◇◇×◇◇◇×◇◇◇◇◇◇◇◇◇◇◇◇◇◇×◇◇◇◇◇◇◇◇◇◇◇◇◇◇◇×◇◇◇◇◇×◇◇◇◇

프롤로그

◇◇◇◇◇◇◇◇◇◇◇◇◇◇◇◇◇◇×◇◇◇◇◇◇◇◇◇◇◇◇◇◇◇◇◇◇◇◇◇◇

"사는 게 재미없어요."

상담소에서 내담자들을 만날 때 자주 듣는 말이다. 특히, 요즘은 코로나바이러스 때문에 더 살기 팍팍해진 것 같다. 외출을 자제하고 집에만 있다 보니 사는 게 재미없어지고 우울감을 호소하는 사람들이 많다. 정말 많다. 어떻게 하면 모두 즐겁게 살 수 있을까? 고민하던 차에 아내가 말했다. "당신의 덕후 성향에 대해 얘기 해봐. 옆에서 보면 항상 뭔가를 재미있게 하고 있거든." 그렇다. 나는 덕후다. 그래서 늘 무언가에 몰두해있다. 시기마다 관심을 가지는 분야가 바뀌긴 하지만, 덕질을 하지 않는 시기는 거의 없다. 왜냐하면 정말로 재미있기 때문이다. 만약 당신이 뭘 해도 흥미가 없고 지친 상태라면, 지금이야말로 덕질이 필요한 시기다.

그렇다면 덕질이란 무엇일까? 내가 생각하는 덕질이란, 재미있는 무언가에 몰입하여 파고드는 행위다. 그리고 그것이 너무 좋은 나머지 주변 사람들한테 설명하고 또 설명하고 또 설명하는 것이다. 또한 돈을 벌기 위해서 하는 게 아니라 순전히 재미있어서 하는 것이다.

그래서 주변 사람들은 "어휴 쓸데없는 짓 하고 있네, 그 정도 노력으로 공부를 했으면 서울대 갔겠다."라고 비아냥대듯 말하곤 한다. 만약 당신이 주변 사람들한테 이런 소리를 들은 적이 한 번이라도 있다면, 기뻐해라. 당신은 덕후의 자질이 충분하니까.

사실 덕질은 그리 거창한 것이 아니다. 한 분야를 파고들어서 전문가 이상의 식견을 자랑해야만 덕후가 되는 건 아니다. 오히려 진짜 덕후는 결과 따윈 신경 쓰지 않고 순수하게 과정을 즐긴다. 과정이 재미있어서 하는 거지 전문가가 되려고 하는 것은 아니다. 재미있어서 하다 보니 나도 모르는 사이에 전문가 소리를 듣고 있을 뿐이다.

우리 주변에는 생각보다 덕후가 많다. 요즘 우리 엄마는 죽염에 빠져있고, 장인어른은 약초에 빠져있다. 그래서 나는 이번 명절 때 죽염과 약초 이야기를 귀에 딱지가 앉을 정도로 들었다. 저번에 했던 얘기인데도 만날 때마다 또 한다. 이제는 레퍼토리를 내가 다 외울 지경이다. 이쯤 되면 죽염과 약초 전도사를 넘어서 박사 수준이다. 그리고 다른 말을 할 때와는 달리 눈빛이 반짝

거리고 목소리에 힘이 있다. 나는 이게 덕질이라고 생각한다.

그렇다면 덕질을 하면 행복할까? 사실 덕후라고 인생이 늘 재미있지는 않다. 당신처럼 때로는 삶에 치여 쓰러지고 좌절한다. 하지만 행복하든 불행하든 언제라도 재미있는 것을 찾으려고 노력한다. 무언가에 심취하는 활동이 언제나 삶에 대한 깊은 만족감을 가져다주지는 않지만, 적어도 힘든 시기를 버텨나가는 데 많은 도움이 된다. 그동안 나를 거쳐 간 수많은 덕질 아이템 중 몇 가지를 선별하여 소개하고자 한다. 당신이 글을 읽으면서 인생의 즐거움은 의외로 사방에 널려 있다는 사실에 놀랐으면 좋겠다. 그리고 책을 덮은 후에는 덕후가 되고 싶다는 생각이 들었으면 좋겠다.

세상에 쓸모없는 것은 없다
: 진로를 찾아준 덕질

당신은 영화를 좋아하는가? 하긴 영화를 좋아하는 사람보다 싫어하는 사람을 찾는 게 더 어려운 일인지도 모른다. 그렇다면 질문을 바꿔보겠다. 당신은 영화를 왜 좋아하는가? 예상컨대 아마도 대부분의 사람은 '재미있어서'라고 답할 것이다. 그렇다. 영화는 재미있다. 나도 당신과 같은 이유로 영화를 좋아한다. 하지만 재미를 느끼는 포인트는 각자 다를 수 있다. 지금부터는 내가 영화를 어떻게 즐기는지에 대해 이야기할 것이다. 당신이 영화를 즐기는 방법과 비슷할 수도 있고 다를 수도 있다. 어쨌든 그래도 재미있을 거다. 왜냐하면 노는 법에 대한 이야기니까. 그런데 이쯤 되면 누군가는 영화 보면서 어떻게 놀까를 궁리할 시간에 열심히 공부하고 일해서 돈 벌 생각을 하라며 혀를 끌끌 찰지도 모르겠다. 영화 보는 건 정말 쓸모없는 짓일까?

본격적으로 극장에서 영화를 보기 시작한 것은 고등학생 때였다. 같은 반에 영화광인 친구가 있었는데 혼자 가기 싫다는 이유로 극장에 갈 때마다 나를 데리고 다녔다. 항상 친구가 표를 사줘서 공짜로 영화를 볼 수 있었기 때문에 마다할 이유가 없었다. 이전까지는 주로 비디오를 통해 영화를 봤었다. 비디오를 볼 때는 주변이 환하고 일상적인 소음에 무방비로 노출된다. 분명히 영화에 집중하고 있지만 언제든지 쉽게 깨질 수 있는 환경이다. 하지만 극장은 달랐다. 어두운 공간에서 유일한 빛은 스크린뿐이다. 마치 영화 관람이 지상 최대의 목적인 것처럼 몰입도를 높이기 위한 최적의 상태로 만들어져 있다. 그런 극장 안에서 느꼈던 감정들은 지금까지 생생하다. 어떤 내용의 영화일까? 크고 넓은 화면에서 큰 소리로 영화를 보면 어떤 느낌일까? 내 앞에 앉아 있는 사람들은 어떤 이유로 이 영화를 보러 온 걸까? 여러 가지 상상을 하며 영화를 맞이할 준비를 한다. 그러다가 갑자기 불이 꺼지고 영화는 시작된다. 이때부터는 누구도 나의 표정이나 행동을 볼 수 없다. 온전히 나만의 세계가 시작되는 것이다. 타인을 의식하지 않게 되니까 온몸의 긴장이 풀린다. 의식이 몽롱해지면서 마치 꿈을 꾸는 것 같기도 하다. 이제 스크린 속에 투영되는 꿈과 환상의 세계를 받아들일 준비가 된 것이다. 프로이트는 무의식이 드러나는 최고의 무대가 꿈이라고 했다. 잠을 잘 때는 자아의 방어가 약해져 무의식이 드러나기 가장 좋은 시기이기 때문이다. 불 꺼진 극장에 앉아 있을 때 우리는 꿈과 비슷한 상태에 놓이게 된다. 무의식 속에 자리 잡고 있던 내면의 욕망은 들끓기 시작하고, 스크린 속의 인물과 장면에 우리의 과거와 현재가 투영된다. 그러다가 영화가 끝나고 불이 켜질 때, 우리는 꿈속에서 깨어난다. 나는 이러한 체험이 굉장히 인상적이었다. 영화가 왜 '꿈의 공장'이라고 불리는지 깨닫게 된 순간이었으니까. 만약 당신이 '꿈의 공장'으로서의 영화를 경험하고 싶다면, 반드시 극장에 가야만 한다.

하지만 영화가 진가를 발휘하는 순간은 극장 밖으로 나왔을 때부터다. 영화를 보고 난 후에는 항상 친구와 영화 이야기를 나눴다. 혼자 영화를 봤을 땐 집으로 돌아가는 내내 영화에 대해 생각했다. 오늘 본 영화가 어땠는지, 어떤 부분이 마음에 들었고 어떤 부분은 마음에 들지 않았는지, 감독의 의도가 무엇인지, 가장 좋았던 인물은 누구였는지, 가장 싫었던 인물은 누구였는지, 나에게 어떠한 영향을 주었는지 등 무수한 질문을 던지고 답했다. 신기한 것은 같은 영화를 봤지만 나와 친구의 반응이 늘 똑같지 않았다는 것이다. 서로 좋아하는 장면과 싫어하는 장면이 달랐고, 감독의 의도에 대해 파악하는 부분도 달랐고, 동일시한 인물도 달랐다. 아마도 영화를 본 사람이 저마다 다른 세상을 경험하고 있기 때문일 거다. 그렇기 때문에 서로 다른 사람이 같은 영화를 보고 각자 삶의 경험에 대해 이야기를 나누는 것은, 영화 그 이상의 가치가 있다. 이는 타인의 삶을 들여다보고 이해할 기회가 되며, 자신에 대한 통찰도 깊어진다. 즉, 영화의 진정한 가치는 소통을 통해 의미를 확대 재생산시키는 데 있다고 할 수 있다. 그래서 나는 누군가와 함께 영화를 보는 것을 추천한다. 보고 나서는 반드시 영화 이야기를 나누어라. 영화를 보는 것 이상의 재미를 느끼게 될지도 모르니까.

　영화를 더 재미있게 보려면 반복 관람은 필수이다. 영화야말로 반복해서 봐야 제맛이다. 익숙하고 지루한 것보다 새롭고 낯선 것을 좋아하는 나도, 영화만큼은 반복해서 보는 편이다. 왜냐하면 반복해서 보면 볼수록 새로운 것이 보이기 때문이다. 처음 볼 땐 주인공의 시점에서 보게 된다. 주인공이 마주치는 고난과 역경에 함께 마음을 졸이고 극복하는 과정에서는 카타르시스를 느낀다. 그런데 두 번째 볼 때는 주인공에 가려져 제대로 볼 수 없었던 주변 인물들이 보이기 시작한다. 이들의 행동과 그 이면에 있는 감정에 대해 이해하기 시작하면, 기존에 내가 알고 있던 영화는 사라지고 새로운 영화가 탄생한다. 그리고 세 번째로 관람할 때 비로소 카메라가 보이기 시작한다. 왜 이 장면에서 감독은 인물의 얼굴을 클로즈업했는지, 왜 카메라가 위에서 아래를 내려다보는 구도를 취하고 있는지, 왜 카메라는 점점 뒤로 물러나며 사각 프레임 밖에 있던 것들까지 관객에게 보여주려고 하는지. 이런 것들에 대해 생각하다 보면, 결국 영화는 카메라의 예술이고, 카메라는 화가의 붓과 같다는 걸 깨닫게 된다. 화가가 서로 다른 기법들로 다양한 그림을 그려내듯이, 영화감독은 서로 다른 카메라 기법들로 다양한 영상을 만들어 낸다. 카메라의 위치와 움직임에 따라 만들어진 영상은, 우리에게 다양한 감정을 불러일으킨다. 특정 인물에 동일시하도록 유도할 수도 있고, 위압감을 느끼게 할 수도 있으며, 흥분시키거나 진정하게 만들 수도 있다. 어떤가? 놀랍지 않은가? 생각보다 영화는 많은 것을 담고 있다. 그것을 발견하고 즐기는 것은 각자의 몫이다. 당신이 스크린 속의 영상이 아닌 스크린 밖의 카메라를 보기 시작하면, 영화의 재미가 몇 배는 더 상승할 것이다.

영화를 오랜 시간 동안 반복해서 보다 보면 더 놀라운 사실을 깨닫게 된다. 세월에 장사 없다고 했던가? 우리가 나이를 먹는 동안 놀랍게도 영화도 나이를 먹는다. 무슨 소리냐고? 정말 좋아하는 영화는 기억 속에서 사라지지 않는다. 어느 시기마다 다시 떠오르고 반복해서 보게 만든다. 그런데 같은 영화지만 10대 때 보고 느꼈던 것과 20대, 30대 때 보고 느끼는 것은 다르다. 각연령대에 따라 중시하는 가치관이나 관심사가 변하기 때문이다. 내가 변하기 때문에 같은 영화라도 그 안에서 무엇을 발견하고 중요하게 생각하느냐가 달라진다. 즉, 내가 성장하는 만큼 영화도 함께 성장한다. 이것은 내가 어떻게 변하고 있는지를 객관적으로 보여준다는 점에서 아주 놀라운 경험이다. 이런 영화는 나와 일생을 함께하는 친구이다. 나에겐 수많은 친구가 있지만, 지금 이 순간 떠오르는 친구는 〈중경삼림〉이다. 혹시 당신에게도 그런 친구가 있는가? 그렇다면 내 말의 의미를 더 잘 이해할 수 있을 것이다.

영화를 재미있게 보는 마지막 방법은 좋아하는 감독이나 배우의 작품을 찾아보는 것이다. 특히, 나는 한 감독의 작품을 연달아 보는 것을 좋아한다. 한 인간으로서 감독이 어떠한 시각으로 세상을 바라보고 있으며, 세월이 흘러감에 따라 시선이 어떻게 변하고 있는지를 파악할 수 있기 때문이다. 특정 작품만 봤다면, 사실 그의 인생 중 일부 페이지만 골라 읽은 것일 수도 있다. 물론 그 페이지가 굉장히 재미있고 큰 울림을 줄 수도 있지만, 정말로 그 사람을 좋아한다면 전후 페이지가 궁금해지기 마련이다. 그러면 자연스럽게 다른 작품들까지 보게 된다. 그리고 자서전을 읽고 인터뷰 기사를 찾아보게 된다. 더 나아가 DVD나 블루레이를 구매하고 음성해설을 들으며 감독의 세계관에 대해 더 깊게 이해하고 싶어진다. 그러다 보면 작품을 찍을 때 배우와 기 싸움이 있었다든지, 지나치게 완벽주의적이라 같은 장면을 수백 번 반복한다든지 등의 뒷이야기까지 자연스럽게 알게 된다. 이쯤 되면 주변에서 슬슬 영화광이란 소리를 듣기 시작한다.

그렇다. 나는 영화광이다. 단언컨대 내 인생 덕질 아이템은 영화다. 그렇다면 나는 왜 이렇게 영화를 좋아하는 걸까? 무언가를 정말 좋아하게 되면 근본적인 질문을 던지기 마련이다. 곰곰이 생각해본 결과, 영화에 대한 관심과 사랑은 결국 인간에 대한 호기심에서 비롯된 것이었다. 영화 속에는 항상 세상, 인간 그리고 관계가 존재한다. 감독이 이 세 가지를 어떠한 시각으로 바라보고 있는가는, 그의 작품을 통해 드러난다. 그리고 관객들이 작품을 어떠한 방식으로 해석하느냐도, 그들이 이 세 가지를 어떠한 시각으로 바라보느냐에 따라 달라진다. 이러한 관점에서 바라볼 때, 나에게 영화는 인간과 주변 세계를 이해하기 위한 통로였다.

영화를 사랑하면서 나의 가치관과 세계관은 변하고 확장되었다. 그리고 인간에 대한 관심은 심리학으로 연결되었다. 좋은 영화를 만들고 싶어서 심리학을 전공하게 되었으나, 결국 영화감독이 아닌 심리학을 업으로 삼는 사람이 되었다. 어떤가? 지금도 덕질이 쓸모없는 짓이라고 생각하는가? 실제로 지금 이 순간 당신에게는 쓸모가 없을 수도 있다. 그러나 하찮은 것이라도 어떻게든 당신에게 영향을 주고 당신의 세계를 확장시킨다. 내가 영화를 통해 심리학을 만났던 것처럼, 언젠가 그것은 반드시 쓰인다. 그런 의미에서 세상에 쓸모없는 것은 없다.

한 시간의 행복

: 퇴사를 막아준 덕질

갈까, 말까. 벌써 저녁 8시 30분이다. 지금 출발하면 9시부터 시작해서 문 닫는 시간인 10시까지 그래도 한 시간은 할 수 있는데. 아니야. 그래도 지금 쓰던 보고서를 마무리 짓지 않으면 내일 또다시 써야 하잖아. 매일 밤 반복되는 고민이다. 아씨, 모르겠다. 일단은 지금 이 순간 행복하고 싶어. 자리에서 일어나 작성하던 보고서를 한구석에 치우고 몇 가지 짐을 챙긴 후 병원 밖으로 나간다. 아침 8시에 출근한 뒤 딱 12시간 30분 만의 탈출이다.

하루 종일 환자들을 만나 심리평가를 하고 남는 시

간에도 쉴 틈 없이 보고서를 써대느라 지치고 피곤하다. 특히, 오늘은 청각 저하가 심한 할머니를 대상으로 치매 검사까지 했다.

"아들 이름이 어떻게 되나요?"

"응, 뭐라고!?"

A4용지로 고깔을 만들어 할머니 귀에다 대고 또박또박 말한다. "아.들. 이.름."

"응, 밥 먹었냐고?"

"아니, 아니요!, 아들 이름!, 아!들! 이!름!"

"아~ 김춘자, 김춘자여."

"아니, 본인 이름 말고 아들 이름이요!! 아! 들!! 이!!! 름!!!!"

"아유 시끄러워 죽겠네, 왜 귀에 다 대고 소리를 치고 그랴!" 집에 며느리가 밥해놓고 기다리고 있어서 빨리 가봐야 한다며 10분마다 한 번씩 자리에서 일어나던 할머니를 붙잡고, 몇 시간 동안 소리를 지르면서 검사를 했더니 마지막에는 목이 다 쉬어버렸다. 지친 몸을 이끌고 며칠 전에 제출했던 보고서를 찾아 슈퍼비전받은 내용을 살펴본다. 오타와 내용 지적으로 보고서에는 빨간

펜이 쭉쭉. 가슴이 철렁하며 땅 밑바닥까지 꺼져 내려가는 기분이다. 이제는 익숙해질 만도 한데, 여전히 익숙하지 않다. 하지만 이내 곧 땅 밑바닥으로 꺼져 내려가는 나를 다시 끌어올린다. 아직은 아니야. 당장 오늘 안에 써서 제출해야 하는 보고서들이 쌓여 있기 때문이다. 아, 맞다. 논문 수정 기한도 얼마 남지 않았는데, 이건 또 언제 하지.

병원에서 수련을 받기 시작하면서부터 나는 수시로 두통을 느끼고 설사를 했다. 진통제는 언제든지 먹을 수 있도록 항상 가운 주머니에 구비 되어 있었고, 설사는 참았다가 원할 때 방출할 수 있을 정도로 컨트롤이 가능해졌다. 심리평가 도중에 수시로 설사를 해대면 곤란하니 자연스럽게 발달한 생존기술이랄까. 물론 내 두통과 설사는 99% 심인성이다. 그래도 신체적인 이유가 조금이나마 있었을 거라고 믿고 싶은 마음에 1%의 가능성은 남겨둔다. 이건 내 마지막 자존심이다.

병원을 탈출한 뒤, 젖은 수건처럼 무겁고 축 처진 피곤한 몸을 이끌고 길을 터벅터벅 걸어간다. 벌써 여름이 다 지나갔는지 밤바람이 차갑다. 양팔로 몸을 감싸 안고

문지르며 내일부터는 긴소매를 입겠다고 다짐한다. 그나마 다행인 것은 목적지가 가깝다는 것이다. 그런데 하필이면 병원과 목적지 사이에 우리 집이 있다. 길을 가다가 약간 방향을 틀어서 집으로 들어가면 꿀맛 같은 휴식이 기다리고 있는데. 갈까, 말까. 매일 밤 반복되는 고민이다. 아씨, 모르겠다. 일단은 지금 이 순간 행복하고 싶어. 집을 그대로 지나쳐 다시 목적지를 향해 걷는다. 점점 9시가 다가오고 있다.

9시를 10분 앞두고 엘리베이터 앞에 도착했다. 상승 버튼을 누르고 엘리베이터를 기다리다가 눈꺼풀의 무게를 버티지 못하고 잠시 눈을 감는다. 찰나의 시간이지만 잠이 쏟아진다. 나른하고 편안하다. 띵동. 찰나의 휴식도 용납할 수 없다는 듯 매몰차게 울리는 엘리베이터 도착 소리에 깜짝 놀라 눈을 떴다. 재빨리 탑승하고 12층을 누른 뒤, 재빨리 눈을 감는다. 그런데 이번에는 아까와 다르게 잠이 쏟아지지 않는다. 오히려 에너지가 솟구치고 마음이 설레기 시작한다. 그래 이 맛이지.

딩동. 엘리베이터 문이 열리자마자 락스 냄새가 진동을 한다. 분명히 불쾌한 냄새인데 불쾌하게 느껴지지 않는다. 순간적으로 시간이 얼마 남지 않았다는 생각이 스치고 지나간다. 사물함 키를 낚아채듯이 잡은 후 뛰듯이 빠르게 걸어서 안으로 들어간다. 세상에서 가장 빠른 속도로 옷을 벗고 사물함에 대충 쑤셔 넣은 뒤 샤워를 한다. 그리고 타이트한 전용 복장으로 갈아입고 쪽문을 통해 새로운 공간으로 진입한다. 가장 설레는 순간이다. 잠시 후 눈앞에 새하얗고 밝은 빛이 쏟아져 내리면서 웅장하고 새파란 그것이 드디어 형체를 드러낸다.

풍덩. 차갑디차가운 물이 내 몸을 순식간에 감싸 안으면서 동시에 정신이 번쩍 든다. 찌릿찌릿하고 뭔가 깨어나는 느낌. 죽었다가 다시 살아나는 느낌이랄까? 찌릿찌릿한 느낌이 진정되면 이마에 걸쳐 있던 물안경을 내려쓴다. 물안경의 마법 덕분에 모든 세상은 어둡게 변한다. 필터가 적용된 눈으로 바라보는 세상은 나에게 비현실감을 선사한다. 이것은 조명이 꺼진 영화관에 앉아 좋아하는 영화를 몰입하며 보는 경험과 유사하다. 고통스러운 현실로부터 벗어나 환상의 세계로 도피할 수 있는 가장 합법적인 방법이랄까.

몸을 앞으로 수그리면서 일자로 수면 위에 뜸과 동시에, 힘찬 발차기 그리고 양팔을 번갈아 가며 롤링한다. 오른팔을 돌릴 때 물속에 담그고 있던 얼굴을 오른쪽으로 살짝 들며 숨을 들이마신다. 롤링하던 오른팔이 한 바퀴를 다 돌고 수면 위로 돌아오면, 이번에는 왼팔을 롤링하기 시작한다. 물속에 얼굴을 다 집어넣었을 때에는 '음', 얼굴을 오른쪽으로 살짝 들 때에는 '파'. 나는 물 위를 자유롭게 유영하며 앞으로 나아가기 시작한다. 물살을 타고 몸이 부드럽게 쭈욱 앞으로 밀려 나간다. 마치 물고기가 된듯한 느낌이다.

　　특히, 나는 얼굴을 물 안에 모두 집어넣었을 때 들리는 고요한 진공 상태의 소리를 좋아한다. 몸을 움직이느라 숨은 점점 가빠지지만 불안정했던 마음은 오히려 안정이 된다. 오늘 나에게 불쾌한 감정을 불러일으켰던 사건들이 잠깐 스치듯 떠오를 때가 있으나, 이내 곧 잠잠해진다. 숨이 더욱 가빠지고 온몸에 땀이 나기 시작하다가 더 이상 숨쉬기 힘든 상태가 되면 마지못해 물 밖으로 고개를 든다. 심장이 터질 것처럼 숨이 찬다. 그 순간, 오늘 하루 나에게 부정적인 감정을 유발했던 사건들은 어느새 사라지고 여기 없다.

우리는 불편한 생각이나 감정을 경험할 때, 빨리 이러한 것들이 사라졌으면 하는 마음이 들곤 한다. 하지만 오히려 없애려고 할수록 더 생생하게 떠오를 뿐이다. "지금부터 코끼리를 떠올리지 마세요"라는 말을 듣는다면, 당신은 지금부터 계속 코끼리를 떠올릴 수 밖에 없다. 즉, 회피할수록 고통은 끈질기게 우리를 따라다니며 괴롭힌다. 나는 수영을 할 때, 스쳐 지나가는 부정적인 생각이나 감정을 피하지 않고 있는 그대로 받아들인다. 그렇다고 거기에 함몰되어 눈물을 흘리거나 수영을 그만두지도 않는다. 단지 '지금 이 순간 나에게 이러한 생각과 감정이 스쳐 지나가고 있구나'를 알아차릴 뿐이다. 그리고 다시 수영에 집중한다. 이런 방식에 익숙해지면 일상의 스트레스에 마음을 뺏기지 않고 살아갈 수 있게 된다.

벌써 10시가 다 되었다. 샤워를 하고 짐을 챙긴 뒤 홀가분한 마음을 가지고 밖으로 나왔다. 두 뺨을 스치고 지나가는 밤바람이 상쾌하다. 인적 드문 골목의 고요함과 노란 가로등 불빛이 따뜻하다. 왠지 쉰 목소리가 다시 정상으로 돌아온 것 같다. 고질병인 두통과 설사도 지금은 없다. 그래, 내일도 출근할 수 있겠어.

맛대맛

: 일상의 권태로움을 잊게 해준 덕질

~~~~~~

나는 자칭 미식가이다. 음식을 먹을 때 오감을 총동원해서 본연의 맛과 향을 최대한 느끼고자 노력한다. 처음에는 눈으로 음식의 외관을 관찰하고 코로 음식의 냄새를 맡는다. 같은 음식이라도 어떠한 그릇에 어떠한 방식으로 담겨 있는가 그리고 냄새가 어떠한가에 따라 음식에 대한 인상이 달라진다. 이건 마치 소개팅 자리에서 처음 만난 이성에 대한 첫인상과도 같다. 잘 어울리는 그릇에 유려한 곡선을 뽐내거나 좌우대칭이 조화를 이루는 방식 등으로 담겨 있는 음식. 사방에 고소한 향을 페로몬처럼 내뿜고 매콤달콤한 향으로 코끝을 살살 간지럽히는 음식. 이런 음식들을 만나면, 나는 기어코 첫눈에 반하고 만다. 우리는 첫인상이 좋으면 그 외의 것에 대해서도 긍정적인 평가를 하는 경향이 있다. 잘생기고 예쁜 사람은 성격도 좋고 사회적 지위도 높으리라 생각하는 것처럼 말이다. 이것을 심리학적 용어로 '후광효과(halo effect)'라고 한다. 이 후광효과는 음식의 영역에도 적용된다. 첫인상이 좋은 음식은 맛도 있으리라 생각한다. 그래서 사실 엄밀히 말하자면 우리는 음식을 입으로 먹기 전에 눈과 코로 이미 먼저 먹고 있는 것이다.

하지만 후광효과는 사회적 지각 오류 중 하나일 뿐이다. 첫인상은 단지 첫인상일 뿐 첫인상이 그 대상에 대한 모든 것을 알려주지는 못한다. 그 실체를 제대로 파악하기 위해서는 직접 만나서 깊은 관계를 맺어봐야 한다. 자, 이번에는 음식을 직접 먹어볼 차례. 천천히 입속으로 음식을 집어넣고 씹으면서 본연의 맛을 느껴본다. 혀와 입천장에 닿는 느낌 그리고 이빨로 씹거나 깨물 때 느껴지는 감각에도 집중한다. 그러면서 동시에 온몸의 신경세포를 혓바닥에 최대한 집중시켜 음식의 맛을 느껴보자. 식감은 어떠했는가? 부드러운가? 딱딱한가? 겉은 딱딱하지만 속은 부드러운가? 아니면 작은 알갱이들이 사방으로 순식간에 퍼지면서 오독도독

터지는가? 맛은 어떠했는가? 담백한가? 달콤한가?
짭조름한가? 매콤한가? 느끼한가? 상큼한가? 촉각과
미각으로 느껴질 수 있는 맛의 범위는 생각보다 넓고 다
양하다. 여태까지 살면서 이렇게 음식을 먹어본 적이 한
번도 없다고? 그렇다면 정말 안타까운 일이다. 음식을
단지 배를 채우는 용도로만 쓰고 있다는 얘기니까. 음식
을 먹는 것 자체가 하나의 즐거움이자 놀이가 될 수 있
다는 사실을 알게 되면, 신세계가 열린다.

　　음식을 먹는 것 자체로도 즐겁지만, 그 즐거움을 더
욱 배가시킬 수 있는 방법이 있다. 그건 바로 한 종류의
음식을 다양한 브랜드별로 구매하여 맛을 비교해보는
것이다. 나는 이것을 '맛대맛'이라고 부른다. 맛을 비교
할 때 가장 중요한 것은 동시간대에 먹어야 한다는 것
이다. A사 음식은 지금 먹고 B사 음식은 일주일 후에 먹
는다면, 그건 정말 아무짝에도 쓸모없는 짓을 하는 것이
다. 내가 아무리 타고난 미각을 가졌다고 하더라도 일주
일이 지난 후까지 그 맛을 기억하지는 못하기 때문이다.

　　내가 처음으로 '맛대맛'을 시작하게 된 것은 군대
에 있을 때였다. 군대에서는 시간이 정말 느리게 흐른다

고 하지만, 이는 사실 말년 병장 때에 국한된 말이다. 말년 병장 땐 정말 하루가 일 년 같다. 작업이나 훈련에 억지로 참여하지 않아도 되니까 개인 시간이 참 많았는데, 아이러니하게도 시간은 정말 더럽게 미치도록 안 간다. 그 시간 동안에는 주로 낮잠을 잤는데, 잠은 자도 자도 좋은 것이지만 심심한 건 어떻게 해결되지 않았다. 그래서 전국의 수많은 말년 병장들이 신병들을 데리고 짓궂은 장난을 치면서 노나 보다. 아무튼 나는 이 무료한 시간을 재미있게 보내겠다는 일념으로 '맛대맛'을 처음으로 고안해냈다. PX에 파는 모든 종류의 육포들을 사서 먹어본 뒤, 맛을 비교하고 별점을 매기는 것이었다. 오래전의 일이라 현재 기록이 남아있지는 않지만, 브랜드별로 육포의 색깔, 두께 그리고 씹을 때의 식감과 맛이 다 달랐던 기억이 있다. 이 차이를 구분하는 것도 재미있지만 더욱 재미있는 것은 별점을 매길 때이다. 나는 깐깐한 편이라 별 5개를 쉽게 남발하지 않는다. 정말 인생 육포를 찾았을 때만 별 5개를 주었다. 내 입맛에 전혀 맞지 않다면 과감하게 별 1개를 주기도 한다. 별점을 매기는 객관적인 기준이 뭐냐고? 그런 거 없다. 그냥 무조건 내

기준이다. 이건 날 위한 게임이니까.

군대를 전역한 이후에도 '맛대맛'은 여전히 지속되었다. 물론 매일 하는 것은 아니다. 보통은 사는 게 재미가 없거나 스트레스를 받을 때 하게 되는 것 같기도 하다. 그렇다고 삶이 퍽퍽할 때마다 내가 일부러 하는 것은 아니다. 그냥 속된 말로 꼴릴 때 한다. 우리가 취미활동을 우울할 때만 하는 건 아니지 않나. 이건 그냥 내 수많은 취미활동 중 하나일 뿐이다.

하지만 시기마다 내가 관심을 가지는 음식의 영역은 다 달랐다. 몇 년 전 나는 '맥주 맛대맛'에 빠진 적이 있다. 이때 나는 좀 더 체계적으로 맛을 분석해보고 싶은 욕심이 들었다. 음식평론가가 되어보겠다는 커다란 꿈을 가지고 도서관에 가서 음식평론에 관한 모든 책을 찾아보았다. 그러나 생각보다 음식평론에 대한 책(특히, 국내에서 발간된 책)은 찾기 어려웠다. 사실 맛의 특성에 대해 생각해보면 왜 음식평론에 대한 책이 별로 없는지 충분히 이해가 간다. 맛은 누구나 인정할 수 있는 보편성을 지니고 있지만, 다른 한편으로는 경험하는 사람에 따라서 달라지는 주관성이 크게 작용하는 영역이기 때문이다. 그래서 내 입에 맛있다고 무작정 친구한테 추천했다간 욕먹기 십상이다. 아무튼 나는 도서관을 갔다온 후에 다짐했다. 그냥 이전에 했던 것처럼 내 마음대로 음식 평가를 하기로 말이다. 어차피 누구한테 보여줄 목적이 아니라 그냥 순전히 재미로 하는 거니까. 목적이 생기면 재미는 사라지기 마련이다. 하마터면 취미활동을 일로 만들어 버리는 최악의 실수를 할 뻔했다.

퇴근 후 네 캔에 만원하는 수입맥주를 사 들고 와서 '맥주 맛대맛'을 했었다. 문제는 이게 캔맥주였다는 것이다. 캔맥주에는 병맥주와 다르게 약간의 쇠 맛이 난다. 그래서 맛을 평가하고 비교할 때에도 쇠 맛이라는 가외변인이 개입된다. 이걸 통제하고 실험에 들어갔으면 좋았겠지만, 아쉽게도 네 캔에 만원하는 건 병맥주가 아니라 캔맥주였다. 쇠 맛을 제거하는 것보다 돈이 더 소중했기에 나는 매우 쉽게 타협했다. "아무렴 어때. 그냥 재미로 하는 건데"

아래는 내가 노트에 남겨 놓은 '맥주 맛대맛' 기록의 일부이다. 누군가에게 보여주기 위해 작성한 것이 아니라 사실 생각보다 별 내용이 없거나 평가도 매우 주관적일 수 있다. 나도 내가 이걸 이렇게 공개하게 되리라고는 꿈에도 상상하지 못했다. 그래도 노트 안에 외롭게 썩고 있는 것보다 누군가에게라도 읽히는 게 얘네들한테도 의미가 있겠지 하는 마음에 공개해본다.

'맛대맛'이라는 것은 그냥 이런 식으로 진행된다. 한 번 따라 해보고 싶은 생각이 들 수도 있고 반대로 전혀 의미 없는 행동처럼 보일 수도 있을 것이다. 하지만 나는 당신이 어떠한 평가를 하더라도 전혀 상관없다. 다시 한번 강조하지만, 나는 이걸 누군가에게 보여주면서 자랑하기 위해서 하는 게 아니라 자기만족을 위해서 하는 거니까. 행복한 삶을 살기 위해서는 자기만족적인 행동을 해야만 한다. 이건 타인의 눈으로 세상을 바라보는 게 아니라 내 눈으로 직접 세상을 바라보는 방법이기 때문이다. 나는 인생을 살면서 어느 순간에서든 소소한 부분들에서 재미를 찾기 위해 애써왔다. 이걸 다른 말로 표현하자면, '나는 인생을 살면서 어느 순간에서든 행복을 찾기 위해 애써왔다'로 바꿀 수도 있겠다. 우리는 마치 엄청난 노력을 퍼붓고 거창한 결과물을 얻어야만 행복하다고 착각한다. 사실 행복이란 건 소소한 재미들이 쌓여서 만들어지는 것일지도 모르는데 말이다.

요즘 나는 '만두 맛대맛'에 빠져있다. 이걸 통해서 내 인생 만두를 찾았다. 마트에 가면 수많은 만두가 널려 있다. 그 사이에 당신의 인생 만두가 있는가? 나는 있다. 그래서 나는 마트를 갈 때마다 행복하다.

맥주명	평가	별점
파울라너	약간 쇠 맛남. 목 넘김이 부드러움. 거품만 계속 먹는 것처럼 매우 부드러움. 밀맥주라 탄산이 거의 없음. 매우 약하게 있음. 향이 은은하다. 총평 : 약간 쇠 맛과 약간의 탄산이 있는 매우 부드러운 거품 같은 밀맥주.	★★★☆
스텔라 아르뚜아	탄산이 있음. 목 넘김이 부드럽고 시원함. 쇠 맛은 별로 안남. 그러나 약간 씁쓸함. ★★★☆ / 먹다 보니 좀 더 쓰게 느껴짐. 탄산 때문에 배부름. ★★★로 수정.	★★★
기린 이치방	부드러움. 탄산이 강함. 쇠 맛이 있으나 쇠 향은 없음. 고소한 향. 뒷맛은 조금 씁쓸하나 고소한 맛이 남.	★★★☆
칭따오	탄산이 있음. 씁쓸한 맛이 없어 먹기 좋음. 시원하게 먹으면 달거나 쓰지도 않고 청량감도 느껴지고 굿! 구수한 맛이 없다는 게 조금 아쉬움.	★★★★☆
크루저 블루베리향	그냥 파워에이드 + 탄산 맛	★★★
삿포로 프리미엄	맥주 특유의 씁쓸한 맛 없음. 향도 구수함. 탄산이 약함. 탄산 빠진 부드러운 칭따오 느낌. 칭따오의 청량감이 없어서 아쉬우나 칭따오보다 더 부드러움.	★★★★☆
아사히	삿포로랑 비슷함.	★★★★
아사히 드라이블랙	삿포로랑 비슷하나, 흑맥주 향이 남. 개인적으로 흑설탕 맛이 나는 흑맥주는 별로임. 계속 먹다 보니 씁쓸함.	★★★
산미구엘	보리차 같은 구수한 맛. 약한 탄산.	★★★★
크롬바커	강한 탄산. 구수한 맛. 그러나 약간 씁쓸한 맛. 별로다!	★★☆
밀러 제뉴인 드래프트	강한 탄산. 약간 씁쓸하나 그래도 무난히 먹을 만함. 쇠 맛 없음. 구수한 맛 없음.	★★★☆
칼스버그	씁쓸한 맛 적음. 향도 무난. 무향에 가까움. 탄산이 빠진 부드러운 맛. 거부감 없이 먹을 수 있음.	★★★★
킬케니	안에 들어있는 플라스틱 플로 인해 부드러운 맥주 거품 맛을 계속 느낄 수 있음. 쇠 맛 없음. 부드러운 거품을 먹고 싶을 때 먹으면 좋을 듯.	★★★★
블랑	오렌지 향 나는 상큼한 맛. 쇠 맛 없이 깔끔함. 그러나 탄산은 거의 없음. 호가든과 유사하나 다소 밋밋함.	★★★★
고젤	쇠 맛. 씁쓸한 맛. 무향. 별로다!	★★

자존감 뽑기

: 자존감을 지켜준 덕질

가끔 생각한다. 은퇴 후에는 빵 만드는 일을 해야겠다고. 왜 빵이냐고? 내가 빵을 엄청나게 좋아하는 빵돌이기도 하지만, 빵이라는 것은 일정한 규칙과 순서에 따라 만들고 굽는 시간을 투자하면 실체가 눈앞에 딱 나타나기 때문이다. 내가 하는 일은 시간과 노력을 투자해도 결과물이 눈앞에 나타나지 않는다. 사람의 마음이 눈에 보이는가? 나는 눈에 보이지 않는 사람의 마음이 어떠한 모양인지 이해하고자 애쓰는 일을 한다. 물론 이러한 일들은 의미 있고 때로는 흥미롭다. 하지만 실체가 없기 때문에 내가 얼마나 성장하고 있는지 그리고 어떠한 결과물들을 내놓고 있는지 늘 막막하다.

지난 4년간 병원에서 수련을 받으면서 수많은 심리

평가 보고서를 작성했다. 나름 수많은 결과물을 산출해 낸 꼴이지만, 성취감은 경험할 수 없었다. 수많은 보고서만큼 수많은 오타와 내용 지적을 받았다는 기억뿐이다. 덕분에 결국 전문가 자격을 취득하긴 했지만, 그 당시에는 밑 빠진 독에 계속 물을 붓는 느낌이었다. 당신은 요리가 배우고 싶으면 어떻게 하는가? 유튜브나 책을 보는가? 나는 일단 조리사 자격증을 따는 것을 목표로 잡는다. 그만큼 나에게 있어 성취감은 매우 중요하다. 하지만 수련 과정 동안 성취감을 경험하지 못하자 점점 지치고 자존감이 저하되기 시작했다.

정신건강을 유지하는 데 있어서 자존감은 중요하다. 자신을 무가치하다고 여기기 시작하면 우울, 불안 및 분노 등과 같은 부정적인 정서가 발생하기 때문이다. 자존감을 높이는 방법에는 여러 가지가 있을 수 있지만, 그중 하나는 성취 경험을 하는 것이다. 꼭 거창한 성공이 아니더라도 괜찮다. 작은 목표일지라도 성취해내는 경험들이 쌓이면 자존감은 높아질 수 있다.

그래서 점심때마다 산책하러 나갔다. 자존감을 뽑기 위해서. 그 시기엔 자존감을 뽑을 수 있는 네모난 기계가 길거리에 널려 있었으니까. 겉으로는 차가워 보이는 네모난 기계지만 안에는 예쁜 것들로 가득하다. 피카추, 뽀로로, 보노보노. 이쯤 되면 다들 눈치챘을 것 같다. 그것은 바로 인형 뽑기다. "양 겨드랑이와 가랑이 사이에 삼발이 집게를 집어넣기만 하면 되는 거 아니야?" 처음에는 인형 뽑기를 쉽게 생각했다. 하지만 막상 해보니 쉽지 않았다. 집게가 잡았다가 놓는 것 같기도 하고, 아예 잡지 않는 경우도 있는 것 같았다. 포기하려던 차에 갑자기 집게 힘이 세지더니 한 방에 인형을 출구까지 끌고 나왔다. 앗싸, 성공! 짜릿했다. 짧지만 달콤한 성취였다. 강렬한 첫인상으로 인해 나는 점차 인형 뽑기에 빠져들었다. 그리고 덕질을 시작했다.

인형 뽑기를 해본 적이 있는가? 그렇다면 생각보다 잘 뽑히지 않아서 좌절했던 기억도 있을 것이다. 당연한 결과이다. 사실 인형 뽑기의 세계는 생각보다 심오하니까. 아무런 준비 없이 무작정 뽑을 생각만 했다면, 마치 요행을 바라고 도박을 하는 것과 같다. 하지만 인형 뽑기의 메커니즘에 대해 이해하고 접근한다면, 이제부터는 운이 아니라 실력이다. 인형 뽑기를 잘하려면, 우선

해당 기계의 특성에 대해 파악해야 한다. 기본적인 집게 힘이 어느 정도인지, 잡는 힘이 약해지거나 집게를 벌리는 지역이 어디인지, 몇 퍼센트의 확률로 집게 힘이 출구까지 유지되는지 등을 파악해야 한다. 대부분 기계는 출구 근처에서 집게를 놓도록 설정되어 있다. 따라서 인형 뽑기를 반복하면 출구 주변에 인형들이 쌓이게 된다. 출구보다 높은 위치까지 인형이 쌓이기 시작하면, 이때부터는 여러 가지 현란한 기술들을 적용할 차례다. 당신은 '돌려치기', '누르기', '뒤집기', '밀기'와 같은 인형 뽑기 기술들을 들어본 적이 있는가? 약한 집게 힘을 보완하기 위해서 덕후들은 원심력, 지렛대의 원리 등을 이용하여 여러 가지 인형 뽑기 기술들을 만들었다. 덕분에 나는 여러 가지 다양한 기술들을 공부하며 좀 더 높은 확률로 인형을 뽑기 시작했다.

그렇게 수련 3년차를 버텼다. 하나를 없애고 또 없애도 쌓이고 쌓이며 나를 회색빛으로 짓눌러버리는 테트리스 같았던 업무들 속에서 영혼은 점점 텅 비어만 갔던 수련 3년차. 그 회색빛 일상 사이사이를 아무도 알아주지 않지만 확실한 그 무언가 뽑으며 채워 나갔다. 누군가에게는 피카추, 곰돌이, 인형, 때론 허튼짓으로 보이겠지만, 내게는 돌려치고 누르고 뒤집는 기술들을 연마해나가며 확실하게 뽑아낸 성취이자 자존감이었다. 단 한 개도 버리지 못한 채 신혼집까지 고이 모셔온 나의 자존감들은 지금도 여전히 베란다 한쪽에 거대한 존재감을 뽐내며 모셔져 있다. 신혼살림을 시작하면서 인형들의 존폐를 놓고 아내와 첨예한 갈등이 빚기도 했다. 나는 회유와 협박을 거듭하며 지금까지 나의 자존감들을 베란다에 지켜두고 있다. 그 사이 거리에서 쉽게 볼 수 있었던 수많은 인형 뽑기 기계들은 하나둘씩 자취를 감추었다. 그리고 이제는 나도 그것들이 없어도 괜찮을 것 같다. 왜냐하면, 나를 가치 있게 그리고 삶을 의미 있게 만들어 주는 성취는 어디든 있다는 걸 아니까. 그런데 문제는 이제 이 녀석들을 당근마켓에 무료나눔 해도 그 누구도 가져가지 않는다는 것이다.

하찮은 것이라도
어떻게든 당신에게 영향을 주고
당신의 세계를 확장시킨다.
내가 영화를 통해 심리학을 만났던 것처럼,
언젠가 그것은 반드시 쓰인다.
그런 의미에서 세상에 쓸모없는 것은 없다.

김현미

ㅣ나이에 대한 소속이 분명치 않은 쉰세대를 탐험중이
다. 건망증과 밀당중이며 내 mom대로 요리실험실의
연구소장으로 재직 중이다.

「그럴 나이? 그런 나이?」

취집에서 살아남기

<!-- decorative divider -->

　일사불란하게 종이를 뱉어내는 복사기 소리가 스트레스 스트레스라는 소리처럼 들려오면서 마치 내 모습 같아 보였다. 며칠 뒤 나는 브레이크 없이 달리기만 했던 회사생활에 마침표를 찍었다. 약간의 망설임이 있었다면 살림을 포기했던 나에게 주부 재입사 기는 국가고시 도전보다 더 어렵게 다가왔기 때문이다.

　내가 직장 생활을 하면서 포기한 세 가지가 있었는데 첫 번째는 엄마이기를 포기했고, 두 번째는 아내이기를 포기했고, 세 번째는 살림을 포기했기에 취집에 대한 유효기간이 얼마나 갈지 장담을 할 수 없었다. 회사 동료들과 헤어질 때 집으로 출근한다던 농담이 진담이 되어 진짜 현실이 되고야 만 것이다.

　드디어 주부 재입사 첫날 나의 첫 업무는 저녁이었다. 심사하는 식구들을 힐끔힐끔 훔쳐보던 결과는 결재 반려였고 사유는 음식으로 실험 금지라는 무언의 압박이었다. 집중도에 따라 성과가 나오는 회사 업무와는 다르게 음식은 실패 또 실패의 연속이고 집안일은 도무지 진전이 없는 성과들뿐이다. 취집에 대한 업무 매뉴얼은 오작동만 일으켰고 아이들과 남편이 '엄마~, 여보~' 하고 부르기라도 할까 봐 슬그머니 이불속으로 쏙 피신하고는 했다. 생각해보니 회사에서 내가 직원을 부르면 놀란 토끼 눈을 하고 조심조심 왔었는지 지금의 내가 그 상황하고 뭐가 다른 것인가?

　나의 계속되는 요리 실험에 항의하는 식구들을 향해 '영원히 직진'이라고 당당히 외쳤지만, 재취업 며칠 만에 당당하고 자신만만했던 커리어 우먼은 이미 전의를 상실한 병사가 되었다. 이러다가 사표는 고사하고 권고사직을 당하는 건 아닐지 점점 기가 죽어간다.

그럼에도 불구하고 나는 '그래도 살림에 경력이 쌓이면 언젠가는 인턴에서 정직원으로 승진하는 날도 오겠지.'라고 중얼거리며 안방으로 퇴근을 한다. 살림 포기자인 나의 주부 재입사 기는 과연 계속될 수 있을지 그것이 문제로다.

갱년기가 입장하셨습니다

요즘 나는 유쾌하지 못한 갱년기에 노출되어 있다. 나의 주변을 어슬렁거리는 단어 중 하나이기 때문이다. 며칠 전 슈퍼에서 계산하면서 누가 차려주는 밥 먹고 싶다는 나에게 1초의 틈도 없이 갱년기라는 화살이 날아왔다. 뭐지? 잠시 불편한 마음이 들었지만, 예의상 웃음을 발사하고 그 자리를 벗어났다.

결론부터 말하면 나는 원래부터 살림에 소질도 없고 흥미도 없었다. 흔히 알고 있는 기준과는 거리가 멀었다. 불과 몇 년 전만 해도 피곤해서의 반응이 많았다면 오십 근처부터는 갱년기로 시작해서 갱년기로 끝나는 사태의 연속이다.

그런 내가 그 단어를 처음으로 들었던 것은 드라마를 통해서였다. 대개 엄마들의 우울함, 화, 급격한 성격 변화 등을 표현하는 방식이었고 가족들이 그것을 위해서 무언가를 인지하고 공감해주지는 않았다. 나 역시 엄마를 이해하기에는 갱년기에 대한 학습은 너무나 일방적이었을 뿐이었다. 나이 많은 상사의 감정적인 행동이 이해되지 않을 때 우리끼리 아무렇지 않게 험담으로 그 단어를 사용했었다.

언제부터였을까? 거꾸로 관찰대상이 된 나는 비슷한 말만 들려도 우리 속 동물처럼 이빨을 드러내며 으르렁거렸다. 그런 내가 못마땅해지고 있을 때쯤 몸이 전보를 보내왔고 처음으로 그것에 대한 객관적인 인지를 하게 되었다. 의사 선생님은 여성은 40대부터 차츰 갱년기가 시작되며 정도에 따라 자각을 못 하는 사람과 심하게 겪는 사람도 있다고 했다. 본인의 마음가짐과 삶을 긍정적으로 바라보는 태도에 따라서 많이 달라진다며 아주 친절하게 이야기를 해주었다. 그분은 남자 선생님이었다.

언뜻 듣기에는 단순하지만, 당사자인 나의 마음은 유쾌하지 못했다. 그리고 내 의사와는 상관없이 무단침입을 한 갱년기와 고정관념들에게 솔직한 입장을 밝혀 보고자 한다. '신랑 신부 입장'에 보내주는 축하까지는 아니어도 '갱년기 입장'을 외치면 적어도 불편한 시선은 보내지 않기를 정중히 부탁해 본다. 나도 이번 생에 갱년기는 처음이라서.

빨리 알려야 할 것 같아서

나중에 나이 들면 같이 살자고 했던 말 기억하냐는 전화가 왔다.

나의 감정이 널뛰기 할 때마다 여행가자며 먼저 손을 내어주는 영혼의 반쪽 같은 친구가 있다. 몇 년 전이었다. 오랜 세월 친구들끼리 정기적인 모임을 통해서 마음을 나누고 마지막 순간에도 웃으면서 보내달라는 다큐멘터리를 본 적이 있다. 보자마자 밑도 끝도 없이 나중에 나랑 같이 살자고 친구에게 전화했었다. 그때 '왜?' 대신 '응'이라고 대답해줬던 그 친구에게서 온 전화였다. 지금이 그때냐고 묻는 나에게 "친구야 나 솔직하게 말해도 될까?"라고 말한다. 순간 당황하는 나에게 "사실은 약속 못 지킬 거 같아, 혼자 사는 게 너무 익숙해져서 누구랑 같이 사는 게 힘들 것 같네!"라며 더 늦기 전에 알려야 할 것 같아 전화했다고 말했다. 어정쩡하게 통화를 마치고서 '인생 후반전 나이가 들어간다는 것은 혼자인 것에 익숙해져야 할 때인가 보네!' 라고 혼잣말을 뱉었지만 부끄럽고 미안했다.

어쩌면 친구는 첫사랑의 기억이 와장창 깨지듯 낯섦과 마주하는 사태를 사전에 방지하는 선견지명을 발휘한 것이다. 나의 정서적 빈곤함 존재로 채우려는 건 무리한 욕심인 것을 안다. 친구와 결을 맞추는 방식도 일방통행이었고 나는 아직도 부족하고 서투른 게 분명하다. 한동안 미안한 마음을 반성하고자 친구들의 여정을 지켜봐 주는 「디어 마이 프렌즈」라는 드라마를 보고 또 봤는데 장면 장면이 유달리 선명하게 가슴속에 박혔던 기억이 아직도 남아 있다.

비록 속도 조절에 실패한 내가 할 말은 없지만, 친구야 빨리 알려줘서 진짜 고맙다.

의문의 2연패

코로나 19로 한동안 연기 중이던 교육이 드디어 개강한다고 연락이 왔다. 반가운 마음으로 방문을 나서다 거울을 보고 발걸음을 멈추고 말았다. 그것은 한창 성수기를 맞이한 나의 흰머리 때문이었다.

매번 염색했지만, 직장을 마무리하면서 미용실 방문을 멈춘 채 자발적 자연인으로 살아가고 있다. 염색을 아주 잠깐 고민하다가 그대로 첫날 씩씩하게 강의실로 입장을 했다. 간단한 오리엔테이션이 끝나고 반장을 선출하겠다는 강사의 눈과 마주친 나에게 갑자기 "연장자세요?"하고 물어본다. 당황한 나는 "저요? 제가요?"라고 물었지만, 흰머리 꽃밭인 내가 연장자여야만 하는 분위기였다. 어차피 예정된 일이기에 나의 패배를 빠르게 받아들였다.

　수업이 끝나고 지하철을 타고 집으로 가는 중이었
다. 옆자리 할머니 두 분이 스마트폰의 익숙하지 않은
기능에 "뭐가 이리 복잡하누" 하면서 계속 스마트폰을
만지작거리신다. 슬쩍 눈길을 돌려보니 카카오톡 선물
하기 기능에 관한 이야기인 모양이다. 아날로그 세대인
나도 모르는 것이 있으면 한참을 씨름하다가 결국 아이
들에게 배워서 익히고는 한다. 나는 어르신들의 그런 모
습을 보면서 오전 상황의 생각에 잠겨있었다. 한 분이
"이건가?" 시도를 해보지만 금세 "이게 아닌가 보네, 에
이 우리 같은 노인네는 어찌 쓰라는 겨?" 하며 전투를
치른다. 고개를 숙여 그 전쟁을 피하려는 나에게 한 어
르신이 몸을 돌리다 흰머리를 힐끔 보고는 "아니 나이
든 사람 말고 젊은 사람이 잘 알겠지." 하면서 옆의 학생
에게로 급히 고개를 돌린다.

　저기 어르신들 저는 아무 말도 안 했는데요. 밑도 끝
도 없이 훅 밀고 들어오는 나의 의문의 1패들을 어쩌란

말인가. 여기저기서 마구 찌르는 사람들의 공격에 적당
한 방패를 마련하지 못했는데 나는 과연 그 속에서 흰머
리를 지키고 무사히 살아남을 수 있을 것인가?

동네 주민 되기

지금의 아파트에서 20년 가까이 사는 중이다. 아이들로 사귄 동네 친구들은 모두 이사를 하고 안부를 나누던 이웃도 직장 생활과 함께 가벼운 인사만 하는 사이가 되었다.

평소 혼자 있기를 좋아해 되도록 한적한 곳에서 하늘을 보고 있는데 직장 안 다니냐는 소리가 들려왔다. 아이들 어릴 때 과자 할머니로 전해 듣던 그 어르신이다. 어떻게 아냐고 묻는 나에게 "어찌 알긴 동네 주민이니까 알지 며칠 보여서 물어봤어요. 아이들 다 컸지요?"라고 말하신다.

큰아이는 25살, 작은 아이는 22살이라고 대답을 하

는데 갑자기 어르신이 내 손을 꼭 잡는다. 아이들 키우
느라 정말 고생했다며 어깨도 토닥여주신다. 어르신의
예상치 못한 행동에 너무 당황한 나는 어떤 말을 해야
할지 몰라서 눈만 껌뻑이고 말았다. 직장 다니는 엄마를
대신해 동생 챙기느라 놀지도 못하는 어린 누나를 보고
기특하면서 안쓰럽기도 해서 종종 우리 애들을 챙겨주
게 되었다고 한다.

계속 보이지 않아서 이사 간 줄 알았다는 나에게 손
자들을 차례대로 돌봐주고 왔다고 했다. 놀이터에서 노
는 손자들을 보면서 우리 애들이 종종 생각이 났다며
"아기 엄마와 나의 시간이 참 많이 흘렀지요?" 하면서
아이들이 잘 컸으니 우리에게는 그것으로 된 거라며 다
시 손을 잡아주셨다. 순간 갑자기 흘러나오는 눈물 때문
에 고맙다는 말도 제대로 못 하고 피하듯 돌아와 집안을
서성거렸다.

그 당시 나는 큰아이에게 누나니까 양보하고 동생
을 돌봐야 한다는 말만 쉼 없이 쏟아냈었다. 자기도 어
린이인데 너무 힘들다고 울음을 터트렸던 큰아이의 얼

굴이 떠오르면서 끝도 없이 따라다니던 부채 의식이 어르신의 다정한 손길 한 번에 모두 무너져 내렸던 것이다. 물리적인 거리로 치자면 가족보다도 먼 사이인데 그 마음을 동네 어르신이 토닥토닥해주신 것이다. 한참을 울다가 아이들에게 낮의 일을 풀어놓았다. "맞아 우리에게 미안해하지 말고 엄마하고 싶은 거 다해, 우리가 응원해줄게"라는 그 말에 나는 주저앉아 한참을 더 울었다.

오랫동안 헤매던 미로를 빠져나올 수 있게 해 주신 어르신께 마음속으로 고맙다고 외치면서 다음번엔 제가 먼저 어르신께 동네 주민이 되어드리겠다고 결심을 해 본다.

실례합니다만 실례하지마세요

　　습관적으로 나누는 빈말로 나의 의지와는 상관없이 들어오는 존재들이 있다. 인연의 줄이 이어지는 계기가 되기도 하고 꼬이는 계기가 되기도 한다.

　　살아온 경험상 나는 급한 성격의 소유자하고는 잘 맞지 않다는 결론에 이르렀다. 대부분 순서를 지키지 않고 너에 대해 이야기해줄래? 라면서 일방통행으로 다가오기 때문이다. 내가 왜 대답해야 하지? 라는 눈빛을 보내면 먼저 다가와 놓고 곁을 안 준다며 또 자기가 먼저 가버리기 때문이다. 그럴 때마다 나는 머리에 탈모가 아니라 마음에 탈모가 생길 지경이 돼버린다. 특히 사람들이 나에게 어떤 성향의 사람이냐고 물어볼 때가 가장 난

감하다. 그때마다 '내가 나를 모르는데 넌들 나를 알겠느냐'라는 노래의 가사처럼 나도 잘 모르겠다고 대답을 한다. 그냥 상황에 따라 내적인 나와 외적인 내가 있을 뿐이다. 굳이 나를 표현하자면 지극히 보통 사람 그 이외에는 딱히 생각나지 않는다. 지금까지도 나의 장점이자 단점으로 작용 중이지만 나는 그냥 그대로 살기로 했다. 누구든 그럴 권리와 자유가 있다고 생각한다.

너무 천천히 간다고 불평하면 비켜주면 그뿐이라고 생각하며 걷고 있었는데 반짝하고 눈에 들어오는 것이 있었다. 그것은 아파트의 출입구 개방 시간을 표시한 안내 문구였다. 평상시 생각 없이 지나쳤는데 오늘은 한참을 바라보았다. 그러다 문득 든 생각, 회사도 출퇴근 시간과 점심시간이 있고, 가게들도 영업시간과 브레이크 타임도 생겨나는 추세인데 그럼 나의 하루는? 나의 개방 시간은 있기는 한 걸까? 아니 뭘 고민해? 내가 만들면 되지. 앞으로 느닷없이 다가오는 사람에게 나를 탐색할 수 있는 개방 시간은 언제부터 언제까지이며 주말에는 나도 쉰다고 말을 해야겠다.

그럴 나이? 그런 나이?

　　한동안 만나지 못한 친구들을 보러 지방으로 모임을 다녀왔다. 친구들이 전국에 흩어져 살아서 항상 중간 지점에서 만난다. 쏟아질 질문에 기분은 흐렸지만 그래도 가고자 하는 이유는 버스터미널 옆에 갤러리가 있기 때문이다. 하지만 코로나 19로 개방하지 않는다는 안내문과 출입문을 감고 있는 쇠사슬의 차가움이 나를 맞이한다. 무언가 아쉬웠지만, 발길을 돌려 약속 장소로 향했다. 하나둘씩 모습을 보이는 친구들이 나를 보자마자 "아니 너 머리가? "예상대로다. 오늘도 역시 흰머리가 나의 안부를 가로채버린다. 나는 염색은 멈췄으며 아무 문제없이 잘 지내고 있다고 기승전결 형식으로 얼른 상황을 정리를 했다.

하지만 처음부터 끝까지 모임의 주제가 친목인 건지 아니면 내 흰머리인 건지 모를 정도로 염색에 대한 돌림노래로 가득하다. 노화의 자연스러운 과정이라고 말을 하자 "그럴 나이는 아니지? 아직 젊은데 그런 나이는 아닌 것 같아" 그리고는 "너의 남편은? 아이들은? 시부모님은? 다른 사람들은 뭐라는데?" 친구들의 말들이 온종일 방울 소리처럼 요란하게 울려댔다. 당사자는 나인데 다른 사람들을 뭐라 안 하냐고 한다. 걱정이든 뭐든 그 안에 들어있는 시선은 같다. 나는 모든 것은 경험해 봐야 말할 자격이 있다고 말하고 싶었다.

흰머리에 대한 융단폭격을 온몸으로 방어를 한 탓에 기운이 하나도 없다. 그런 나를 보고 바람 빠진 풍선 같다며 괜찮으냐고 남편이 물어왔다. 나는 "여보 사람들이 나는 안 보고 흰머리만 봐, 혹시 당신도 불편하면 염색을 할게."라고 말하며 울먹였다. 그 소리에 당황한 남편이 "괜찮다고 몇 번을 말하니? 그렇게 오래 살았는데 아직도 나를 모르는 거야?"라며 나를 조금은 흰머리 지옥에서 탈출시켜 준다.

불효녀로 살아남기

나의 머리에
세월의 눈이 소복이 쌓여갑니다.

처음 내린 눈은
한두 번의 손질로 깨끗이 치워졌는데
이젠 그마저도 소용없습니다.

그냥
흥정하는 세월에
곁을 더 내어주고서
친구처럼 지내기로 했습니다.

세월은 더욱더 심술을 부리겠지만
그래도 오늘은 말끔히 치워야 할 것 같습니다.

멀리서 오시는 부모님께서
당신의 자식에게만
유독 많이 쌓인 눈을 염려할까입니다.

　　고등학교부터 자취를 시작한 나의 삼시 세 끼에는
아침은 없다. 그때 영향으로 흰머리가 생겼다며 부모님
은 반백의 딸에게 항상 노심초사이시다. 다 큰 자식의
앞마당에서 늘 불침번을 서신다. 그런 부모님에게서 오
신다는 연락이 왔다. 다시는 염색을 하지 않겠다고 다짐
했는데 아버지의 '어디 아프냐?'라는 한마디가 자꾸
내 맘에서 서성거린다. 부모님의 걱정이 자라는 소리가
들린다. 미용실에를 다녀와야 할 것 같다.

　　목이 길어서 슬픈 짐승이 아니라 머리가 하얘서 슬
픈 짐승이 되고 있다.

끼인 세대에서 깨인 세대로 살아남기

당연하다는 말에 이의를 제기하고 싶은 날이 많아지고 있다. 너무나 빨리 변화하는 속도에 뒤처지고 있는 나는 낯선 방식의 문화가 생기면 겁부터 난다.

밀린 숙제를 하기 위해 동네 스터디 카페를 방문했다. 입구부터 불친절한 공기가 나를 감싸더니 무인 결제기와 한참을 씨름하다가 결국 집으로 발길을 돌리게 했다. 하도 무인시스템으로 바뀌니까 방문 전 홈페이지에서 사용하는 방식에 대해 검색을 한다. 안내 사항에는 사용료, 내부시설 등에 대해서만 설명되어 있었고 무인시스템 관련한 내용은 보지 못했다. 안내원에게 물어봐야지 하고 갔는데 안내원은 없고 무인 결제기만 어디 한

번 해볼 테면 한번 해봐라 하고 내 앞에 딱 버티고 있을 뿐이었다. 내 마지막 경험 속에는 관리자가 있었으니까 벽 쪽에 사람이 안내원이길 바라며 무작정 창문을 두드렸다. "저 여기 안내하는 사람 없나요?"라고 소리치자 당황한 그 사람이 뭐라고 대답해주는 것 같은데 하나도 들리지 않았다. 그러는 사이 학생들이 나오면서 문이 열리자 반사적으로 들어갔는데 자동 결제하고 들어와야 한다며 다시 나를 무인 결제기 앞으로 되돌려놓았다.

길 잃은 미아가 된 것 같았지만 큰 호흡과 함께 시스템을 파악해 봤다. 회원가입 후 결제 직전에 당일 좌석 예약이 70% 이상이라 1회 이용권은 기다려야 한다는 안내문이 나온다. 온갖 들숨 날숨을 내뿜으며 시도했던 나의 학습이 좋은 결과로 이어지지 않음에 한번 좌절, 터질 듯한 심장박동에 두 번 좌절하고 무작정 기다릴 수 없기에 패잔병이 되어 집으로 돌아왔다.

친구들에게 나의 혼란기를 전하자 백번 공감한다고 말한다. 온갖 곳에서 도사리고 있는 디지털 세상이 긍정적 경험만 제공하지 않을 것 같다고 한다. 콩알이 된 멘

털로 간헐적 디지털 문화 체험을 마쳤지만, 아직 아날로
그의 익숙함과 이별도 디지털의 새로움과 만날 준비도
되어 있지 않다. 그 누가 그랬단 말이더냐 인간은 적응
의 동물이라고, 적응은커녕 나는 당황한 내 심장을 달래
느라 온종일이 걸려야 했다.

엄마의 집밥

영화 리틀 포레스트를 자주 본다. 도시의 울렁증이 생길 때마다 멀미를 재워주는 처방전을 제공해 준다. 사계절을 다 볼 수 있는 자체만으로 감사하다.

사실 영화에 나오는 인물들은 별로 관심이 없다. 그런데 오늘은 유독 보이는 인물이 있었으니 바로 주인공의 엄마와 엄마의 음식, 엄마의 손맛이다. 나와 다른 점은 영화 속 엄마는 요리를 뚝딱뚝딱 정성도 가득하게, 반면 나는 '엄마 요리 실험 좀 그만하면 안 돼? ' 라는 항의를 계속 듣고 있다.

어렸을 적 농사짓는 부모님 대신 살림을 도와야 했던 나는 애초부터 밥과 반찬이 하나의 과정일 수밖에 없었다. 고등학교부터 자취를 시작했고 그 후로도 내내 밖에서 살았다. 그때부터 나는 살림이 싫었고 그 안에는 당연히 음식도 포함되어 있다. 결혼해서부터는 몸이 기억하는 엄마의 손맛을 어설프게 재현하는 정도랄까? 만약 엄마 손맛의 과제를 풀어야 하면 나는 영원히 낙제생일 수밖에 없다. 다행인지 불행인지 아이들은 살림보다 사회생활을 하는 엄마를 더 응원해주었고 그 덕으로 지금까지 요리 실험은 중단되지 않고 지속되는 중이다.

언젠가 한 번은 군 복무 중인 아이가 집밥이 먹고 싶다고 해서 나의 심장을 철렁하게 만든 적이 있었다. "엄마가 훌륭한 집밥을 해준 기억이 별로 없는데~" 나의 말꼬리가 저절로 겸손해지자 "응 그건 말이야? 집 근처의 초밥, 집 근처의 쌈밥, 집 근처의 삼겹살, 집 근처의 햄버거 등이야."라고 대답하는 아이에게 엄마의 집밥은 집 근처의 식당이었다.

회사를 그만둘 때조차도 집밥을 기대하는 신랑에게 살림에서 퇴사할 거라고 말을 했었다. 그런데 오늘은 영화를 보면서 자꾸 부엌을 쳐다보는 나를 발견하고 아이들에게 맛있는 음식 많이 못 해줘서 미안하고 앞으로 계속 그럴 거 같다는 카톡을 급하게 보냈다.

엄마의 다급한 메아리에 아이들이 답을 보내왔다. '괜찮아 엄마의 김치찌개는 맛있어, 우리는 알아서 잘 먹고 있으니까 걱정하지 마' 라고 말이다. 엄마로서 전체적인 쓰임을 다 하지는 못하는 나에게 아이들이 엄마보다 어른임을 가르쳐준다.

거꾸로 육아일기

빛바랜 모습의 유물처럼 보이는 노트들이 눈에 들어왔다. 모양도 제각각이다. 자물쇠 달린 일기, 아이들이 쓰다만 노트, 여성잡지 부록으로 받은 가계부, 회사의 업무노트 한 귀퉁이에 하루를 적은 일기장들이다. 방금까지 하던 일도 잊고 꺼내어 읽어봤다. 그날의 분위기를 되새김질하면서 정리했는데 시간의 공백이 있다. 한동안 쓰다가 재취업과 동시에 멈춰버린 나의 아픈 손가락 육아일기가 바로 그것이다. 나이를 들어보니 알겠다는 아이들과 달리 나는 아이들이 성인이 된 순간부터 성인과 보호자 사이에서 갈팡질팡했다. 객관적으로는 성인이지만 주관적인 관점은 항상 아기였기 때문이다. 예를 들면 큰아이의 쌍꺼풀 수술동의서에 팔을 뻗는 나를 제지하던 간호사의 눈을 한참 쳐다봤었고, 둘째 때는 은행에서 보호자가 왔는데 뭐가 문제냐는 눈빛을 보내자 난감해하던 직원의 표정을 보고도 깨닫지 못하는 행동을 반복해야만 했었다. 그리고 내가 병원에 입원했을 당시 보호자를 자처하는 아이와 서로의 심중을 헤아리게 되면서 마음이 한없이 먹먹해지기도 했다.

언젠가 친구들이 자녀들 혼수품으로 육아일기를 간직하고 있다는 말에 거꾸로 육아일기가 떠올랐고 그렇게 시작이 되었다. 일반적인 육아일기와는 다르게 덜렁쟁이 엄마와 자신을 잘생긴 독불장군이라는 아빠를 돌보는 이야기의 형식이다. 너무 늦은 듯한 감이 들지만, 아이들의 어른스러움이 고마워지고 그 모습을 놓칠까 봐 서둘러 기록을 하는 중이다.

가끔 어깨너머로 보면서 '나중에 우리 이야기를 책으로 쓰게 될 경우 소유권에 대한 지분 우리가 100%인 거 알고 있지?'라고 말하는 아이들이 별 탈 없이 잘 자라줘서 고마울 따름이다. 나는 세상에서 제일 운 좋은 엄마가 분명하다.

'신랑 신부 입장'에 보내주는
축하까지는 아니어도
'갱년기 입장'을 외치면
적어도 불편한 시선은 보내지 않기를 정중히 부탁해 본다.
나도 이번 생에 갱년기는 처음이라서.

Runa

나름 호기롭게 떠난 미국 생활을 잘 마치고 돌아온
구직자입니다. 히키코모리가 될지도 모르겠다는 불
안감에 세상에 나왔습니다. 미국에서의 시간을 되새
겨 나의 도전에 의미를 찾고 싶었고, 또 J-1 인턴들의
실상이 어떤지 그 일부를 보여드리고 싶었습니다.
제 미국 생활 궁금하신가요?

「연로한 인턴의 처절한 미국생활기」

11년 나를 품던 알을 깨고 나온 날

"이게 뭐예요?"

부끄러운 듯 민망해 보이는 손에 들려 있던 작은 상자. 그동안 감사했다며 마지막 날이라 준비했다는 입사 3년 차 막내의 퇴사 선물이었다. 고맙다고 그런데 뭘 이런 걸 준비했냐는 나의 말에 "여기가 제 첫 직장이잖아요."라고 했다. 퇴사 선물이라니….

나는 사실 이 직원 때문에 퇴사를 늦췄다. 회사는 오래도록 이어지는 경영난을 타개하기 위해 애쓰고 있었다. 그런데 어느 순간부터 회사가 물건 계약을 더 이상하지 않았다. 회계업무에 잔뼈가 굵어지니 나도 보는 눈이 생겼는지 경영자가 회사를 포기한 것으로 보였다. 직원들을 격려하던 사장님도 이제는 공허한 격려에 지쳤나 보다.

잘 다니던 회사에 사표를 내는 것은 쉬운 일이 아니었다. 나를 괴롭히는 상사가 있었던 것도 아니고 업무가 많아 야근을 밥 먹듯 했던 것도 아니다. 칼퇴근으로 소위 워라밸이 보장된 회사였다.

여자 나이 서른 중반. 이직이 두려웠다. 살길을 찾기 위해 인터넷을 검색하다 미국 J-1 비자를 알게 되었다. 워킹홀리데이의 사무실 버전쯤으로 느껴졌다. 해보고 싶었다. 미국에서 18개월을 보낸 후 돌아왔을 때가 걱정되었지만 해외 취업 에이전시에 계약금부터 질렀다. 그래야 퇴사 할 수 있을 것 같았다. 사표를 받은 사장님과 직속 상사는 당황스러워 보였고 어딘지 모르게 배신감과 서운한 마음도 느껴졌다. 불편한 마음을 애써 외면한 채 퇴사 날만을 기다렸다. 11년을 넘게 일한 회사에서의 마지막은 특별하지 않았다. 드라마틱한 눈물도 없었다. 나는 어딘가 미안한 마음이 남아 있어서 거창한 인사 없이 사무실을 나오는 것이 오히려 좋았다. 그렇게 내일 또 출근할 것처럼 마지막 퇴근을 했다.

제 나이도 가능할 거라면서요

나는 J-1 트레이니 비자를 준비했다. 나이와 경력 때문에 비자가 거절될 확률이 있다고 했지만 시도해 보기로 했다. 나의 목표는 미국 정착이 아니었다. 일단 경험하고 나서 그곳에서 남아야 할 이유가 생기면 정착하거나, 그렇지 않으면 돌아와 재취직을 할 생각이었다.

내 나이쯤 되면 '돈을 쓰면 쓸수록 내 몸이 편해진다는 것'을 경험으로 체득하게 된다. 돈을 쓰기로 했다. 부족한 영어로 혼자 진행하다 엎어지느니 안전하게. 지금까지 회사 다니며 번 돈 언제 쓰겠나 이럴 때 쓰는 거지. 나이와 영어가 걱정이었던 나에게 에이전시에서는 어렵겠지만 가능하다고 했다. 회계업무는 영어가 많이 필요하지 않다고 하여 안심되었다.

곧 이력서가 준비되었고 첫 번째 회사 인터뷰가 잡혔다. 회계 법인이었기 때문에 한 번에 붙고 싶었다. 첫 번째 면접에서 채용이 되면 더 이상의 면접도 없을 것이고 시간도 절약할 수 있을 테니까.

그 면접에서 떨어졌다. 에이전시에서 코치 받은 것과 다르게 회사는 장기적으로 업무가 가능한 사람을 찾고 있는 것 같았다. 나와 면접을 진행했던 회사 대표는 기존 직장을 그만두고 새로운 도전을 하게 된 이유는 납득할 수 있겠으나, 히스토리도 없이 갑자기 타지에서 회사생활을 하고자 하는 것은 순진한 것 아니냐고 했다. 대놓고 비난받은 상황이 불쾌했다. 내 나이는 함부로 도전하면 안 되는 것이기라도 하다는 것인가? 속에서 따지고 싶은 말이 쏟아졌지만 어색한 웃음으로 면접을 종료해야 했다.

이후 생각보다 면접이 잘 안 잡혔는데 에이전시에서는 내 나이가 조금 부담스러워 그럴 수 있다고 했다. 미국은 나이에 관대한 나라 아니었던가? 다른 줄 알았던 미국에서 예상치 못하게 나이가 부담스럽다고 하니 어리둥절했다. 상담 때와 다른 말에 점점 심기가 불편해졌고 이후에도 불만족스러운 서비스가 지속되었다. 그 에이전시와 계약을 파기했다.

한편, 계약 파기 직전에 안내받은 회사가 있었다. 물론 면접은 거절했다. 어느 날 그 회사에서 전화가 왔다. 에이전시에서 내 의사와 다르게 전달하여 면접관들이 시간에 맞춰 나를 기다렸던 것. 나는 자초지종을 설명했고, 그 회사와 오래 거래하던 에이전시를 추천받았다. 마침 그곳은 내가 새로 진행하려던 곳이어서 기분 좋게 시작할 수 있었다.

새로 잡힌 면접 날, 에이전시로부터 규정상 비자 발급 수가 제한되어 있어 곧 마감된다는 연락을 받았다. 이건 또 무슨 말인지? 순조롭게 진행될 줄 알았는데 급작스러운 안내를 받아 당혹스러웠다. 화도 났다. 하지만 내년까지 기다릴 수는 없는 노릇이었다. 이 회사를 잡는 수밖에.

이번에는 대사관이 문제?

대사관 비자 인터뷰가 잡히자 에이전시는 또 내 나이를 볼모로 겁을 주었다. 승인이 거절되어도 항의하지말라는 뜻이었다. 나는 그들의 고객이었지만, 점점 자진하여 그들의 호구가 되어갔다. 그들의 심기를 조금이라도 불편하게 만들고 싶지 않았다. 비자는 영사관이 승인해 주는 것인데도 그들에게조차 잘 보이고 싶었다.

대사관에서 가장 우려하는 것은 이 사람이 미국에 영구히 남는 것이다. 하지만 나처럼 30대 중반의 미혼 여성은 영사관 입장에서 위험 인물군으로 본다고 했다. 이유는 이미 한국에서 어느 정도 커리어가 있는데 쌓아 놓은 커리어를 버리고 미국으로 넘어간다는 것 자체가 의심받기 쉽기 때문이다. 그리고 30대의 미혼은 미국 남자를 만나 결혼할 가능성이 높아 경계한다고 했다. 귀동냥으로 얻은 정보가 얼마나 신빙성이 있는지 알 길이 없지만 나에게 불안과 긴장을 주기에는 충분했다.

우려가 현실이 되었다. 비자가 거절되고 나는 이대로 미국에 갈 수 없을까 봐 극도로 불안했다. 다행히 두 번째 인터뷰에서 비자가 승인되었다. 같은 동양계였던 영사관이 간단한 질문만 하고 곧 비자를 승인했다. 떨고 있는 내가 안쓰러웠나 보다. 살면서 그렇게 큰 안도감은 처음이었다.

인생으로 치면 그다지 많지도 않은 나이가 매 순간 나를 얼마나 애태웠는지. 다시 태어나는 것 말고는 방법도 없는데, 매번 치사하게 느껴지면서도 포기하지 않았더니 결국 미국으로 가게 되었다. 비자 때문에 항공권을 마련하지 않았던 나는 부랴부랴 항공권부터 예약했다. 그동안 해외여행을 자주 했지만, 왕복 티켓을 끊지 않는 경우는 없어 편도로 결제하는 기분이 낯설었다. 공항까지 바래다준 여동생과 마지막 인사를 하는데 눈물이 날

뻔했다. '나 이렇게 가족들 앞에서 정스런 사람이 아닌데.' 울컥하는 마음에 놀라 정신을 차려야 했다.

에이전시를 잘 못 선택할 경우 한국에서뿐 아니라 미국에 가서도 고통받을 수 있다. 현지 회사 생활이 문제가 없으면 더는 에이전시와 연락할 일이 없지만, 현지 회사에서 부당한 대우를 받거나 계약과는 다른 업무를 하게 될 경우 등의 문제가 생기면 이직이 필요하다. 그때 에이전시와 협의를 해야 하는데 이때 비협조적인 에이전시가 많다. 그래서 에이전시는 처음부터 잘 선택해야 한다.

어리지 않아서 오히려 좋다고 했다.

LA 공항에 도착했다. 파란 하늘, 강렬한 햇빛, 길쭉 길쭉한 야자수, 해안선을 따라 이어진 비치들. 11시간의 비행 끝에 창밖으로 보이는 것은 기대했던 푸르고 파란 청량함이 아닌 온통 갈색빛의 칙칙함이었다. 이미지속 의 캘리포니아는 내가 머물 집과 삶의 질을 높여 줄 차 가 생긴 후에나 제대로 느낄 수 있었다.

나는 한국에서 렌트할 집을 마련하지 않았다. 개인 마다 차이가 있겠지만, 집을 보지도 않고 계약부터 하는 것은 위험하다고 생각했다. 비행기에서 내려 처음 간 곳 은 회사와 멀지 않은 모텔이었다. 일주일 정도 예약을 했는데, 흔한 모텔 수준의 그곳은 할인을 받고도 하루

숙박비가 한화로 10만 원이 넘는 곳이었다. 손 떨리는 미국물가. 시설은 나쁘지 않았으나, 어둡고 큰 방은 어딘지 으스스한 기운이 느껴져 기분 좋은 곳은 아니었다.

나는 단기 방을 알아보고 있었는데 마침 회사와 가까운 지역에 단기 방이 있었다. 자신의 집에 사는 사람들에게 절대로 말을 걸지 않는다고 하셨던 60대의 집주인은 매일 매일 나를 붙잡고 장시간 이야기를 했다. 고역이었다. 초반에는 방이 더러워 창틀이며 방문까지 좀 유난스레 닦았더니 아주머니는 나를 예뻐하셨다. 그동안 머물렀던 어린 친구들과 다르다며 내가 이 집에 계속 머무르기를 바라셨다. 거실에 벽을 세워 방을 하나 만드시더니 나더러 쓰란다. 나는 공용욕실도 싫었고 더욱이 아주머니와의 긴 대화가 싫었기 때문에 거절했다. 결국 계약 기간을 다 채우지 못한 채 그 집을 나올 수밖에 없었다.

첫 번째 집에서 쫓겨나듯 나와 미국에 도착해서 묵었던 모텔로 다시 들어갔다. 어둡고 칙칙한 곳이 더 쓸

쓸하고 스산하게 느껴졌다. 두 번째 집은 나보다 어린 한국인 부부가 4살 된 남자아이와 살고 있었다. 모든 것이 마음에 드는 곳이었다. 다만 부엌 사용이 불편하고 층간소음이 전혀 안 된다는 치명적인 단점이 있었다. 게다가 그 집에는 꼬마가 있지 않은가. 집주인은 나이가 있으니 철없는 행동으로 피해를 주거나 방을 지저분하게 쓸 것 같지 않다며 나와 계약 했다. 이곳에서 나의 나이 환영받았다. 아주머니는 내가 어리지 않아 편하고 대화가 통한다고 하셨고 젊은 부부에게는 신뢰를 주었다. 부부는 예의 바랐고 인정이 많아 내가 한국으로 돌아갈 때 저녁 식사를 대접 해 주기도 했다. 최소한 사람 관계에서만큼은 내 나이가 효력을 발휘했다.

인턴이 받는 보상은 최저시급이 대부분이기 때문에 렌트비의 부담이 크다. 그렇다고 싼값에 방을 구하면 초반 몇 개월을 이사만 4~5번 하면서 지내는 경우도 생기니 너무 저렴한 렌트비에 혹하지 않았으면 한다.

혼자여도 좋아

주거가 안정되고 차가 생긴 후로는 생활 반경이 넓어져 여기저기 쏘다녔다. 주말이면 해변을 따라 드라이브하며 일몰 보았고 하이킹을 했다. LA의 유명 관광지를 도장 깨기 하듯 다녔고, 장시간 운전하여 타주의 유명한 국립공원들을 섭렵했다. 이렇게 다니면서도 나는 늘 혼자였다.

인턴 생활 초반에 인턴 모임에 나갔다. 모두가 나보다 어렸다. 나이 때문에 상처를 많이 받으며 이곳에 온 나는 어린 친구들과 어울릴 수가 없었다. 원래 나는 초면에도 낯가림 없이 잘 어울리는 사람이었는데, 사람들 속에서 대화에 끼지도 못하고 소외감만 가지고 돌아왔다.

혼자가 되기로 했다. 바다로 가 파도와 둘이 놀았다. 밀려드는 파도에 뛰어들기도 하고 '나 잡아봐라' 달아나기도 했다. 처음에는 혼자라서 뻘쭘했지만, 곧 잊어버렸다. 애처로울지 몰라도 나는 정말 신났었다.

부동산 구경도 했다. Open House라고 한국으로 치면 구경하는 집인데 한번 가 보았다. 부동산 중개인은 나에게 꼼꼼히 집 소개를 해 주었다. 돈이 없어 보일 법한데도 연륜이 좀 있어 보이는 얼굴 때문인지 홀대하지 않았다. 나는 혹시라도 노후에 미국 부동산에 투자하면 어느 정도 수익을 낼 수 있는가를 계산해 보고 싶었다. 결론은 부정적이었으나 유익한 경험이었다.

30대 중반쯤 되면 불편한 인간관계는 정리되어 축소된다. 부대끼는 관계를 애써 노력하며 유지하느니 손절하게 되는 것. 나는 이미 그런 것에 익숙해져서 친구를 만들기보다는 혼자 놀았다. 감정적 에너지를 소비하기에는 시간이 아까웠다. 대다수 인턴이 사람들과 유대하여 경험을 쌓는다면 나처럼 사람과의 관계가 피곤한 나이가 되면 혼자서 다양한 경험을 쌓기도 한다.

인턴의 주인은 회사

내가 상상했던 미국에서의 나의 모습은 당당한 커리어 우먼이었다. 그동안의 경력을 버리고 최저 시급을 받는 인턴이 되었으니, 최저 시급에 상응하지 않는 인력을 쓴다고 생각한 것이다. 그러나 상상 속 커리어우먼은 내 안에 없었다. 매일 출근하면 사회 초년생처럼 직원들에게 열심히 인사하고 다녔고 항상 웃고 사람들에게 미움 사지 않으려고 노력했다. 그 모습이 비굴하게 느껴졌지만 바뀌지 않았다. 인턴은 회사에서 주체적인 신분이 아니었다.

나의 회사는 물류회사로 LA 본사를 거점으로 미국 내 주요 도시에 지점을 가지고 있었다. 미국 밖에는 한국, 베트남, 멕시코에 사무실이 있었고, 듣기로는 LA 한인 물류 업체 중 다섯 손가락 안에 꼽힌다고 했다.

과연…. 회사 좀 다녀 본 사람은 알겠지만, 사무실에 하루만 있어 봐도 대충 그 회사 분위기를 감지할 수 있다. 첫 출근일. 사람들은 괜찮아 보였지만, 내부 관리가 잘 안 되어 있고 직원들끼리 화합도 부족해 보였다. 나한테 텃세만 부리지 않으면 되니 신경 쓰지 않기로 했다. 회계 포지션으로 채용되어 왔는데 회사에서는 모든 부서에서 일정 기간 일하며 전체 업무 파악부터 하기를 바랐다. 솔직히 마음에 들지 않았으나 거절할 수 없었다. 나는 을도 아니고 병도 정도 아닌 노예이니까.

만약 회사가 나를 해고하게 되면, 2주 안에 다른 회사를 찾아서 이직하거나 한국으로 돌아가야 한다. 비자에 들인 비용, 항공권, 초기 정착 비용을 따져보면 손해가 정말 막대해지게 된다. 또한 이직을 위해서는 추가 비용도 발생하고 이직할 회사를 구하기 위해 발품을 팔아야 하니 거절할 수 있겠나. 받아들이는 수밖에.

부서를 돌다 입사한 지 3달이 지나서야 회계팀에 안착했다. 팀장은 사장님 부인이었는데 문제는 회계를 배운 적이 없으셨다는 것. 초창기 사무실을 운영할 때처럼 회계업무를 보고 계셨는데, 회사 규모와 맞지 않았다. 마치 가계를 운영하듯 적은 돈을 아끼는 데에만 열심이셨다. 가끔은 그것이 타국에서의 성공 비결인 것처럼 보였지만, 회사에서는 무용했다.

나의 전 직장은 중소기업이었다. 규모가 작아도 매출액이 컸기 때문에 외부감사 대상이었다. 나는 입사한 해부터 매해 연말을 재무제표를 작성하느라 바쁘게 보냈고, 그 재무제표로 해마다 외부감사를 받았다. 세무조사가 나오기라도 하면 국세청 직원들이 요청하는 자료들을 꼼꼼히 챙겨다 주어 세금이 추징되지 않도록 소명해야 했다. 그런 일을 10년이 넘게 해 왔던 내게 이곳에서의 일은 일도 아니었다. 궁중 요리를 하는 사람에게 집밥을 시키는 수준이었다.

나의 주 업무는 회계의 기본이 되는 작업이었다. 이

일은 계정과목 사용이 중요한데 이곳은 그마저도 엉망이었다. 대체 재무제표가 어떻게 나오는지 궁금할 정도였다. 나는 미국 회계사 공부도 하고 있었기 때문에 "미국이라서 한국과 달라요"라는 말은 핑계로 들릴 뿐이었다. 재무제표를 만들던 실력은 은행 거래 명세서와 전산을 대조하는 작업에 쓰였다. 잘못된 것이 많아 기존의 회계 업무와 크게 틀어지지 않는 선에서 정상화하려고 노력했는데 쉬운 일은 아니었다.

그 일은 다른 부서의 직원과 협업이 필요할 때가 있었다. 나와 협업해야 하는 직원은 콜롬비아계 미국인이 있었다. 가끔 업무 진행이 원활하지 않을 때면 메일로 주거니 받거니 기 싸움 아닌 기 싸움을 했다. 그러다 종국에는 그녀가 '네가 하는 말을 이해 못 했다'로 기가 차게 할 때면 그럴 때마다 느끼는 분노와 비참함이 사람으로 인한 유일한 고충이었다. 고충까지는 아니지만 난감할 때는 전화 받을 때였다. 상대방이 본토 발음을 구사할 경우조차 온 신경을 귀로 모아 집중해야 했었는데, 중동계나 인도계 쪽의 발음은 눈치껏 맞추기도 어려웠다. 하는 수 없이 다른 분에게 도움을 요청해야 했고 그럴 때면 스스로가 무능력하게 느껴졌다.

그 밖에 내가 가장 싫어했던 것은 손님들에게 커피를 대접하는 일이었다. 내가 직장생활을 하면서 가장 싫어하는 일이 이 일인데, 한국에서는 짬밥이 있어서 거의 열외 되었었다. 예상하긴 했지만 실제로 맞닥뜨리니 속이 뒤틀렸다. 여기는 미국이지 않은가. 한번은 인턴 단체 채팅방에 푸념했더니 위로는커녕 투정으로 취급받았다. 한국의 조직 문화에 열을 올리며 비판하고 비난하는 사람들이 커피 심부름에는 관대한 것이 의아할 뿐이었다. 사실 형편없는 회사에서 커피는 점잖은 축에 속하기 때문에 이해 할 수 있었지만, 철부지 취급을 받은 것 같아 심통이 났었다.

회사에서 업무에 대한 기대는 일찌감치 접었다. 다행히 인격적인 모욕을 주거나 인턴이라고 하대하는 개념 없는 직원은 없었다. 직원 중 중년의 여성들은 오히려 딸처럼 대해주시고 늘 안부를 물으며 챙겨주셨다. 어느 순간부터 이직을 위해 돈을 더 들이느니 업무적인 것

은 회계 공부로 채우고 인격적인 대우를 받고 일하는 것
으로 만족하기로 마음을 바꿨다.

그곳의 사람들

실제로 미국을 겪어보니 한국과 다른 것은 배경뿐
이었다. 대부분 한국계 이민자로 구성된 회사는 좀 더
수평적인 문화였다. 그마저도 나는 전 직장과 큰 차이를
느끼지 못했다. 그 안에 기회주의자도 있었고, 윗사람에
게 아부 떠는 사람도 있었다. 실수를 무마하기 위해 뻔
히 보이는 거짓말을 하는 직원도 있었고, 능력 없는 팀
장도 있었다. 신분 때문에 온갖 일을 주어지는 데로 하
는 영주권 진행 중인 사람도 있었고 자기 할 일만 묵묵
히 하는 사람도 있었다. 그중에는 고마운 분도 계셨다.
미국행을 결정했을 때, 많은 걱정과 우려 속에서 나를
보냈던 사람은 엄마였다. 지인이라도 있으면 부탁이라
도 할 텐데 그럴 수 없어 안타까우셨던 것 같다. 우리 엄

마의 마음을 놓이게 하신 분이 같은 회사에 다니는 A 씨였다. 미국 생활 초기 자리 잡을 때까지 집이며 차며 도움을 많이 받았다. 그분은 나의 엄마와 연배가 같으셨는데 딸이 없어 나를 딸처럼 편하게 생각하셨고, 나는 도와줄 이 하나 없는 이국땅에서 도움을 청할 수 있는 사람이 있어 심적으로 의지했다.

회사에는 멕시코 이민자들이 있었는데 그중 50대의 B라는 분과 친했다. 이 회사에서 근무한 지 20년은 넘었다고 했다. 나는 이분이 편했다. 유일하게 내가 엉망인 영어로 말해도 창피하지 않은 분이었다. 사람들은 이분이 실없는 소리를 자주 한다고 했지만, 나에게는 성실한 분으로 보였다. 내가 한국으로 돌아간다고 했을 때, '행운을 빈다. 너의 친구 B'라고 손수 적어 행운의 2달러를 손에 쥐여 주며 사람들은 시간이 지나면 태도가 바뀌는데 나는 처음과 끝이 같았다며 고마워하셨다.

어쩌면 나는 잠시 머무는 사람이라 처음과 끝이 같았을 것이다. 잠시 스쳐 가는 인연임에도 함부로 대하지

않고, 도움을 주고, 고마워해 주는 사람들이 있어 그곳에
서의 삶이 행복했다.

그래서 거기서 얻은 것은 없는 거지?

다시 돌아온 집은 낯선 듯 익숙했다. 딱히 새로운 것 없던 집안의 공기와 분위기가 좀 낯설었을 뿐이다. 정이 라고는 드러내지 않는 식구들에게서도 마찬가지였다. 어색한 편안함이 느껴졌다. 미국으로 떠날 때도, 미국에 있을 때도 나는 도무지 이것이 현실인지 믿기지 않아 눈 앞의 것들을 헤아려야 했는데, 다시 돌아온 한국에서도 마찬가지였다.

귀국 후 3개월은 출근을 하지 않아도 마음에 거리 낌이 없었다. 코로나 팬데믹 때문에 포기해야 했던 장기 여행에 대한 보상처럼 시간을 편하게 누렸다. 책을 읽고 운동을 하고 취미생활을 즐겼다. 이력서와 자소서 준비는 되도록 미뤘다.

 어느 날 엄마가 조심스레 물었다.

 "그래서 너는 미국에서 얻고 온 것이 없는 거잖아? "

 엄마에게 미국행을 설득할 때 영어와 회계 공부를 이용했었기 때문에 할 말이 없었다. 남들도 나에게 묻고 싶지만, 묻지 못한 말일 것이다.

 "응."

 나는 힘없이 대답했다. 창피하게 생각해야 할 것 같았다. 창피하지 않은데 창피해야 할 것 같은 이상한 마음이었다.

 미국에서 내가 얻어 와야 했던 것이 있기는 한 것인가? 영어도 회계 공부도 18개월의 시간 동안 결과를 낼 수 있는 것이 아니다. 취업비자를 받고 영주권을 받아 정착했다면 얻은 것이 있다고 말했을까? 그곳에서의 시간만으로도 떠남의 목적이 될 수 있었고 그것 하나만으로도 나는 충분했다. 그 이외의 것은 덤이라 생각했다. 그런데 사람들 눈에는 아닌가 보다.

 사람들이 나를 비난하는 것처럼 느껴졌고 혼자 살다 한 집에서 여럿이 복작거리니 은근히 스트레스를 받고 있었다. 그 스트레스로 엄마와 여동생과 번갈아 가며 갈등을 일으키고 상처를 주고받았다. 억지로 이력서를 몇 군데 넣었고 취직은 쉬이 이루어지지 않았다. 나를 채용한 회사는 내가 가고 싶지 않았고, 내가 가고 싶은 회사는 내 경력이 너무 많아 부담된다고 했다. 어디에 맞춰야 하는 걸까? 코로나의 영향인지 내 능력 때문인지 분간이 되지 않았다. 나는 점점 은거하기 시작했다. 사람들과의 만남도 꺼려졌다. 사회적 일원으로서 제 역할을 하고 있다는 것을 증명해 줄 직장이 없으니 사람들 앞에서 당당할 수 없었다. 죄를 지은 것도 아닌데 나는 왜 당당하지 못한 것인지 어리석게 느껴졌다. 하지만 무력했다. 그래서 숨어들었다.

어차피 과정일 뿐

나에게 미국은 한국보다 좋은 것도 나쁜 것도 없는 나라였다. 한국에서도 워라밸이 보장된 직장이 있었고 휴식이 필요할 때면 내 차로 원하는 곳으로 떠날 수 있었다. 미국에서처럼. 그곳에서 나는 그냥 외국인 노동자일 뿐, 주류 사회의 일원이 될 수는 없었고 회사에서조차 나는 신분이 불안정한 노예일 뿐이었다. 이것이 내가 그곳에서 얻어 온 것들이다. 떠나야만 알 수 있는 것.

이전 회사는 내가 미국으로 떠난 해를 넘기지 못했으니 잃은 것도 없다. 가정이 있던 것도 아니니 홀연히 갔다가 홀연히 돌아왔다. 남들이 인정할 만한 것을 가져오지 않았다고 해서 비난의 대상일 이유가 없다. 누군가의 경험이 그 사람의 인생에서 언제, 어떻게 발현될지는 아무도 모르기 때문이다. 그것에 대한 평가는 그 사람의 죽음 앞에서 할 수 있는 것이지 과정 속에서는 의미가 없다.

30대 후반이 되어 돌아온 곳은 내가 예상했던 곳이 아니었다. 바이러스가 세계를 마비시키고 세상을 바꿔 놓았다. 기업은 이미 5년을 앞서가 있다 하고 고용 형태도 바뀔 거라 한다. 나는 앞으로 10년 이상 다닐 회사를 찾고 있는데 시대착오적인 계획인지 혼란스럽다. 현실이 그렇다 할지라도 무너지지 않기 위해 오늘도 수많은 물음표를 제거하며 버티고 있다. 어차피 이 시기도 과정에 속할 테니….

나는 당당해지기로 했다.

그곳에서의 시간만으로도
떠남의 목적이 될 수 있었고
그것 하나만으로도 나는 충분했다.

에필로그

시리도록 파란 하늘,
찬란하게 부서지는 햇살을
마주하고
아주 깊이, 또 길게
숨을 내 쉬어 봅니다.

아하하

시작은 쉽지 않았다. 오히려 글을 풀어낼수록 마음이 복잡해졌지만, 결국 끝을 보았다. 어느덧 처음의 후회는 마음의 후련함으로 바뀌었다. 여전히 다 털어내지 못했다 하더라도 어느 정도 후련한 마음을 얻은 것만으로도 글쓰기를 잘했다는 생각이 든다. 마음 한켠의 먹구름이 조금 걷힌 것만으로도 앞으로 조금 더 행복해질 수 있을 것만 같다. 마음을 풀어내기 정말 잘했다.

김애영

°°°°°°°°°°°°°°°°°°°°°°°°°°°°°

　어쩌면 나의, 어쩌면 다른 누군가의 이야기를 쓰는
동안, 오래도록 참아왔던 눈물을 많이도 흘렸습니다. 역
설적이게도 죽음은 삶의 순간순간들을 빛나게 합니다.
이 땅에 존재하는 모든 것은 결국 사라지기에 언젠가는,
누구에겐가는 그리움의 대상이 되어 반짝, 빛을 내겠지
요.

　살면서 늘 죽음을 기억하려고 합니다. 이 모든 것이
언제든 홀연히 사라져 버릴 수 있다는 것을 기억하며 모
든 순간을 진지하지만 유쾌하게, 아름답고도 우아하게
살아가려고 합니다. 그리고 아낌없이 사랑한다 말하고
표현하려 합니다. 처음처럼, 늘 마지막처럼….

해 단

ᜱᜱᜱᜱᜱᜱᜱᜱᜱᜱᜱᜱᜱᜱᜱᜱᜱᜱᜱᜱᜱ

글을 쓰니 직장에서 받았던 스트레스가 풀렸습니다. 처음엔 힘들었던 얘기를 쓰기 때문에 그 상황이 생각나 힘들 것만 같았는데 시원한 기분이 들어 놀랐습니다. 이번 주에도 일하면서 힘들었는데 글쓰기 덕분에 좋아졌습니다. 근데 생각보다 분량을 채운다는 게 어렵긴 했습니다. 글 쓰는 사람이 뇌고 싶었지만 막막했었는데 제 꿈에 한 발 더 다가갈 수 있게 되었어요. 글을 잘 쓰지는 못하지만, 진심으로 쓰면 통하지 않을까 생각했습니다. 글 실력을 키워서 다음에 또 신청하고 싶어요. 작가님께서 앞으로도 글 쓰는 걸 멈추지 않았으면 좋겠다고 말씀해 주셨었어요. 많은 힘이 되었습니다. 다시 한번 감사의 말씀 드립니다.

아메리

이런 주제는 좀 더 살아보고 써야 하는 거 아닐까. 글쓰기도 좀 더 배우고, 인생 경험도 조금 더 쌓고 나중에, 나중에 써보면 어떨까. 아니야, 그래도 칼을 뽑았으면 무라도 썰어야 한다잖아! 하, 그래서 칼을 아무 때나 뽑는 게 아닌 건데…. 이런저런 마음들에 자꾸만 넘어졌습니다. 그러다 문득 생각합니다. 내일이라고, 나중이라고 더 나은 글을 쓸 수 있을까? 그때도 내가 쓸 수 있는 만큼의 글을 쓰겠지!

2020년 가을을 사는 내가 쓸 수 있는 글을 썼습니다. 그거면 충분해요. 더하지도, 빼지도 않는 나로 존재하며, 오늘의 내가 쓸 수 있는 글을 쓰며 살아가고 싶어요.

박 일

◇◇◇◇◇◇◇◇◇◇◇◇◇◇◇◇◇◇◇◇◇

"당신의 덕질 아이템을 찾았나요?"

전쟁 속에서 당신의 무기가 단검 하나라면 어떻겠는가? 아마도 살아남을 가능성이 확 줄어들 것이다. 반대로 단검, 소총, 기관총, 수류탄 등 다양한 무기들을 가지고 있다면, 생존 확률은 더 높아질 것이다. 우리는 살면서 크든 작든 다양한 스트레스를 경험할 수밖에 없다. 이런 스트레스 상황은 마치 전쟁과도 같다. 그래서 스트레스에 맞서 싸울 무기가 많을수록 극복할 가능성은 커진다. 당신은 몇 가지 무기들을 가지고 삶에서 고군분투 중인가? 덕질도 하나의 무기가 될 수 있다. 힘든 시기를 보내고 있을 누군가에게 덕질을 권하는 마음으로 글을 썼다. 나의 덕질 아이템들이 당신에게 새로운 자극이 되었을까? 당신에게도 다양한 덕질 아이템들이 생겼으면 좋겠다.

김현미

〰〰〰〰〰〰〰〰〰〰〰〰〰〰

그렇게 나는 오십이 되었다.

회사로 출근한다. 퇴근한다. 지하철에서 휴대전화를 보면서 다른 사람들 사는 이야기를 살펴본다. '나만 그런 거 아니구나. 사람 사는 거 다 비슷하구나.' 라고 생각하면서 메모장을 켠다. 작년에도 그랬고 그전에도 그랬다. 856개. 어쩌다 한 줄, 어쩌다 한편으로 쌓인 메모의 숫자다. 무슨 말인지 모르지만, 하염없이 생각하고 관찰한 단어를 나열하면서 모월 모일 모시 그렇게 나는 오십이 되었다. 2020년 어느 날 무엇에 홀린 듯 책쓰게 과정을 신청하고 아무것도 아닌 존재로 남을 뻔했던 시시한 메모들에게 이름표를 달아 주었다. 책이 나오면 방구석 사인회를 열어야겠다. 나의 팬을 자처한 식구들에게 영광인 줄 알라고 으스대면서 말이다.

인턴 중 신분 변경을 위해 경험자들로부터 조언을 구하는 사람들이 많다. 회사에서 나에게 취업비자 스폰서가 되어 주겠다고 했을 때, 내가 거절 할 수 있었던 이유는 영주권도 아닌 비자에 지속해서 투자해야 하고, 내 커리어의 수준이 하향되는 것을 감내해야 해서였다. 연고도 없는 미국에서 굳이 그럴 이유를 찾지 못했다. 어쩌면 그들은 보았는데 나는 보지 못한 것이 있을지도 모르겠다. 가끔은 미국에 남았다면 일은 하고 있었겠다 싶어 후회의 마음이 스멀거린다. 그립기도 하다.

인턴을 준비하는 사람들에게 꼭 당부하고 싶은 것은 회사를 신중하게 고르되, 업무적 기대는 조금 낮추고 경험에 초점을 맞추라는 것이다. 회사 입장에서는 돈 안

들이고 저렴하게 고급 인력을 쓰는 것이니 손해가 없어 인턴 해고를 가볍게 여기는 곳도 있다. 반대로 한국에서 가는 사람들은 들이는 비용이 엄청나고 기대했던 업무 경험조차 이루지 못하는 경우도 있다. 악덕 경영자나 인격적으로 성숙하지 못한 동료들도 많고 업무환경이 형편없는 곳도 있다. 만약 미국에 정착할 목적으로 온다면 오히려 영주권이 버팀목이 될 수 있지만 그렇지 않고 업무적인 기대를 크게 가지고 온다면 소위 말하는 현타가 자주 올 수 있다. 좋은 회사도 많을 테니 부디 잘 선택하여 상처받는 일이 없기를 바란다.

그래도 살아요, 오늘을

초판 1쇄 발행 2020년 10월 28일

지은이 아하하 • 김애영 • 해단 • 아메리 • 박일 • 김현미 • Runa

발행처 키효북스

펴낸이 김한솔이

디자인 김효섭

주 소 인천시 부평구 부평대로 165번길 26, 1층 출판스튜디오 쓰는하루(21364)

이메일 two_hs@naver.com

블로그 https://blog.naver.com/two_hs

인스타그램 @writing_day_

ISBN 979-11-970848-4-3